**Über den Autor:**

Sandro Hübner, geboren am 07. August 1991 in Görlitz. Besuchte erfolgreich die Schule und widmete sich mit 10 Jahren Kurzgeschichten, Gedichten und Vorträgen die sehr umfangreich verfasst waren. Als er 17 Jahre alt war und sich als Schriftsteller die Zeit, für seinen Ersten Roman: SAD SONG - Trauriges Lied - nahm, machte ihm das Schreiben sehr großen Spaß. Sandro Hübner lebt in Berlin und arbeitet bereits an seinem nächsten Roman.

Vom Autor bereits erschienen: www.sandrohuebner.de

# Für dich Mama, Papa Oma und Ur-Oma

---

Alle Geschichten, wenn man sie
bis zum Ende erzählt,
hören mit dem Tode auf.
Wer Ihnen das vorenthält,
ist kein guter Erzähler.

*E. Hemingway*

**SANDRO HÜBNER**

# DAS BETT DES HORRORALPTRAUMS

HORROR

Bibliografische Information der Deutschen Nationalbibliothek:
Die Deutsche Nationalbibliothek verzeichnet diese Publikation in der Deutschen Nationalbibliografie; detaillierte bibliografische Daten sind im Internet über http://dnb.dnb.de abrufbar.

TWENTYSIX – Der Self-Publishing-Verlag
Eine Kooperation zwischen der Verlagsgruppe Random House und BoD – Books on Demand.

© 2014 Sandro Hübner

Herstellung und Verlag:
BoD - Books on Demand, Norderstedt

ISBN: 978-3-7407-2139-5

Alle Rechte, einschließlich die des auszugsweisen Nachdrucks in jeglicher Form und der Übersetzung, sind vorbehalten. Das Werk darf – auch teilweise – nur mit Genehmigung des Autors wiedergegeben werden.

Alle in diesem Roman vorkommenden Personen, Schauplätze, Ereignisse und Handlungen sind frei erfunden. Etwaige Ähnlichkeiten mit lebenden Personen oder Ereignissen sind rein zufällig.

Vor der Tür blieb Norman Randall stehen. Er legte einen Finger auf die Lippen, bevor er Claire Cramer anschaute. Seine Augen schielten dabei auf die Tür.

»Dahinter steht es«, flüsterte er, »das Bett, das irre Ding, das nicht von dieser Welt ist!«

»Bist du sicher?«

»Hätte ich dich sonst hergebracht? Ich kenne mich aus. Den Job im Museum habe ich seit zwei Jahren, und ich konnte mich in der Zeit hier genau umsehen.« Er tippte mit der Fingerspitze gegen das dicke Holz der Tür. »Keiner darf dort hinein. Besucher werden an der Tür vorbeigeführt. Aber ich weiß, was sich dahinter befindet...«

»Klar, das Bett«, sagte Claire.

Norman Randall winkte ab. »Sag das nicht so despektierlich. Ja, es ist das Bett. Nicht nur ein Bett, sondern das Bett. Es ist geheimnisvoll. Es ist unheimlich und man sagt ihm Dinge nach, die einfach fantastisch sind. Auch unglaublich, aber ich weiß, dass es stimmt...«, er nickte heftig,

»... und das ist genau das, was dich in deinem Job nach oben katapultieren wird.« Er hob den Arm. »Sogar nach ganz oben, daran glaube ich fest. Wenn du es siehst, wirst du es merken. Das Ding ist geil. Ja, es ist einfach nur geil.«

Die Reporterin krauste die Stirn. Sie hatte schon einiges über dieses Bett erfahren. Norman hatte immer wieder davon gesprochen, wenn sie zusammen waren. Ob alles so zutraf, wusste sie nicht, aber ihre Neugierde war schon angestachelt worden. Und zwar nicht nur die berufliche, sondern auch die private. Was das

Bett genau an sich hatte, war ihr nicht bekannt, weil ihr Freund es ebenfalls nicht wusste. Er hatte nur von einem Geheimnis gesprochen, das sie unbedingt aufklären musste.

Claire Cramer hatte sich erkundigt, woher das Bett stammte. Das hatte ihr auch Norman nicht sagen können. Es war ein Relikt aus der Vergangenheit. Allerdings noch voll funktionsfähig und nicht angeschlagen. Es ging nur die Mär, dass jemand, der sich in das Bett legte, etwas Besonderes erkennen würde.

Für Claire Cramer stand fest, dass nur Neugierde sie in ihrem Job weiterbringen würde, und wenn an Normans Behauptung etwas dran war, war es wirklich eine große Chance für sie, mit einer Bombenstory einen Sprung in ihrer Karriere zu machen.

Warum hatte sie Bedenken? Sie wusste es nicht.

Möglicherweise war es eine Ahnung, die sie vor einer tödlichen Gefahr warnte, aber die Gedanken daran schüttelte sie ab.

Dass sie gestört wurden, brauchten sie nicht zu befürchten. Besucher gab es in der Nacht nicht im Museum, und Norman war der einzige Wachtposten.

Und er hatte den Schlüssel zu diesem Zimmer. Das war besonders wichtig.

»Und? Hast du dich entschieden?«, flüsterte Norman.

Seine Stimme war aus dem Halbdunkel an Claires Ohren gedrungen. Im Gang gab es nur eine Notbeleuchtung, die sich wie ein schwacher Schimmer ausbreitete. Die Atmosphäre passte zu ihrem Zustand. Sie hatte das Gefühl, von einer inneren Stimme permanent gewarnt zu werden, und deshalb zögerte sie.

»Bitte, Claire, du musst dich entscheiden. Ich fände es schade, wenn du jetzt einen Rückzieher machst. Wir haben so oft über das Bett gesprochen und über seine Besonderheit. Das musst du einfach erleben.«

Sie schaute Norman ins Gesicht. Er hatte seine Kappe in den Nacken geschoben. Reflektionen des schwachen Lichtscheins glitzerten in seinen Pupillen, und sie wusste, dass sie ihn nicht enttäuschen durfte.

»Gut, ich mache es!«

»Toll!« Seine Augen funkelten. Den Schlüssel hatte er die ganze Zeit über in der Hand gehalten. Jetzt zeigte er ihn seiner Freundin, bevor er ihn ins Schloss schob.

Claire Cramer war einen Schritt zur Seite getreten, damit ihr Freund mehr Platz hatte. Sie hörte das schabende Geräusch, als sich der Schlüssel zweimal im Schloss drehte.

Danach war die Tür offen. Auf der Klinke lag Normans rechte Hand. Er hatte den Kopf gedreht, damit er seine Freundin anschauen konnte.

»Alles klar?«

Sie nickte. Komischerweise konnte sie nicht sprechen. Der Druck in ihrer Kehle war einfach zu groß.

Sie warf einen Blick ins Zimmer und war im ersten Moment enttäuscht, weil sie so wenig sah. Es lag an der Dunkelheit.

Da ihr Norman den Rat gab, noch ein wenig zu warten, blieb sie vor der Schwelle stehen, sodass ihre Augen Zeit hatten, sich an die herrschenden Lichtverhältnisse zu gewöhnen. Jetzt war sie in der Lage, schon gewisse Unterschiede auszumachen.

Gegenüber der Tür stand der Gegenstand, auf den es ankam. Das Bett!
Und es war kein normales Bett, wie man es in der heutigen Zeit in jedem Möbelladen kaufen konnte. Dieses Bett bestand aus Holz. Etwas verschwommen malte sich ein hohes Kopfteil ab, während das Fußende frei lag. Und sie glaubte auch, so etwas wie eine zerknautschte Decke zu erkennen, die auf dem Bett lag.

»Moment, ich mache Licht.«
»Okay.«

Norman schob sich an ihrer linken Seite vorbei. Es war zu hören, wie seine Hand über die Tapete fuhr, dann einen Schalter fand, den er umdrehte. Nach dem leisen Klick wurde es heller, aber nicht hell.

Ein strahlendes und modernes Licht hätte auch nicht gepasst. Unter der Decke hing eine alte Lampe, die das Bett beleuchtete.

Claire hatte das Zimmer noch nicht betreten. Sie stand auf der Schwelle und wartete ab. Dabei sah sie, dass sie sich nicht getäuscht hatte. Das Kopfende des Bettes bestand aus einem hohen Holzbrett, das zwischen zwei Pfosten befestigt war. Zwei ins Holz geschnitzte Kreise in dem hohen Halbbogen wirkten auf sie wie Augen.

Und es lag tatsächlich eine Decke darauf. Der Stoff war violett und glänzte seidig. Sogar ein Kopfkissen mit dem gleichen Stoff bezogen war vorhanden.

Norman Randall stand an der Seite. »Na«, sprach er Claire flüsternd an, »wie gefällt es dir?«

Sie hob die Schultern.

Das gefiel ihm nicht. »He, das Ding ist echt super. Einmalig. Ich weiß das.«

»Kann sein. Und weiter?«

»Das habe ich dir doch erzählt. Du musst dich hineinlegen, um es zu spüren.

Nur dann kannst du beschreiben, was wirklich mit ihm los ist.«

»Dann tu du es doch.«

»Nein, das musst du am eigenen Körper erleben. Denk an die Geschichte. Die ist einmalig. Dein Chefredakteur wird dir um den Hals fallen. Du wirst sein neuer Star werden. Zögere nicht länger. Ich könnte es nicht so beschreiben wie du. Außerdem haben wir lange über das Bett gesprochen. Es ist einmalig und wirklich einige Jahrhunderte alt.«

Sie sagte nichts. Es gab weiterhin die innere Stimme, die sie warnte. Aber Norman hatte recht. Wenn sie mit einer tollen Geschichte ankam, würde man ihr bestimmt eine Festanstellung anbieten. Dafür musste man schon mal etwas riskieren.

»Und?«

Claire drehte den Kopf. »Ja«, sagte sie, »ich mache es.« Dann funkelten ihre Augen. »Aber du bleibst bei mir!«

Norman lachte glucksend. »Und ob ich bleibe. Glaubst du denn, ich würde verschwinden und dich allein lassen?«

»Ich wollte nur sicher sein.«

Sie gab sich einen Ruck und setzte den ersten Schritt ins Zimmer hinein. Claire wusste nicht, ob sie es sich einbildete, doch es kam ihr vor, als hätte sie eine andere Welt betreten.

Im Zimmer war es kälter als in den Gängen des kleinen Museums. Das hätte sie noch als normal akzeptiert, doch es war keine Kälte, die von außen eindrang, denn es gab kein offenes Fenster. Das einzige, was vorhanden war, sah sie nicht. Es musste sich dort befinden, wo ein Vorhang bis zum Boden hing.

An der linken Seite des Betts stand ihr Freund. Sie entschied sich für die rechte, blieb dort stehen, wo das Kopfende war, legte ihre Hand auf das Kissen und fühlte den wunderbar seidigen Stoff an ihrer Haut, was ihr gut tat.

»Und?«

Sie hob die Schultern. »Ja, der Stoff ist schon etwas Feines.«

»Klar. Und nicht nur er, sondern auch das ganze Bett. Es ist super, mehr kann ich dir nicht sagen. Einmalig und...«

»Hör auf, sonst kannst du dich selbst hineinlegen.«

»Schon gut. Es erregt mich eben ungeheuer. So etwas findest du kein zweites Mal.«

Claire war bereit. Sie strich mit der flachen Hand über die Bettdecke.

»Zufrieden, Claire?«

»Das wird sich noch ergeben.«

»Dann leg dich aufs Bett.«

»Aber nicht mit dem Mantel.«

»Nein, nein, den kannst du ausziehen.«

Claire zog ihren dünnen Mantel aus. Da der

Holzboden sauber war, ließ sie ihn einfach fallen. Sie holte noch einmal tief Atem, dann nickte sie.

Vorsichtig setzte sie sich auf den Rand, als wollte sie die Beschaffenheit der Matratze testen, und da sie nickte, schien sie zufrieden zu sein.

Norman Randall beobachtete sie. Er war froh, dass seine Freundin nicht wieder in die Höhe sprang und aus dem Zimmer rannte. Nein, sie tat das, was jedermann tat, der sich auf ein Bett legen wollte.

Langsam ließ sich Claire Cramer zurückfallen. Gleich darauf spürte sie das weiche, seidige Kissen unter ihrem Kopf, und sie konnte nicht sagen, dass es ihr unangenehm gewesen wäre. Ganz im Gegenteil, Claire hatte das Gefühl, sich immer wohler zu fühlen, und freute sich darauf, sich endlich ganz auf dem Bett ausstrecken zu können.

Norman Randall blieb an der Bettseite stehen und schaute auf seine Freundin hinab. Es war abgesprochen, dass er ein Foto machte, damit Claire für ihren Chef einen Beweis hatte.

Irgendwie sah Claire scharf aus. Sie trug ein dunkelrotes Kleid, das bis zu den Knien reichte und einen großen tiefen Ausschnitt hatte. Ihr hüftlanges blondes Haar verteilte sich zu beiden Seiten des Kopfes. Ihr Mund war zu einem leichten Lächeln verzogen, als würde es ihr besonders gut tun, hier auf dem Bett zu liegen. Sie schien nur darauf zu warten, einschlafen zu können und sich schönen Träumen hinzugeben.

»Und? Geht es dir gut?«, fragte Norman.

Ein leises, gedehntes »Ja...« war die Antwort. Das überraschte ihn. »Ehrlich?«

Claire sagte nichts mehr. Sie wollte dieses Liegen einfach nur genießen, und nicht nur das. Es ging weiter. Sie fühlte sich wohl, beschützt. Hätte man jetzt von ihr verlangt, wieder aufzustehen, hätte sie es glatt weg abgelehnt.

Es war und blieb ein Genuss. Die Decke unter ihr strömte etwas aus, das sie kaum beschreiben konnte. Es war ein wunderbares Gefühl. Sie wurde davon umfangen, und es verging nicht viel Zeit, da kam sie sich vor wie jemand, der schwebte und den Kontakt mit der normalen Welt verloren hatte.

Sie hielt die Augen offen. Da sie auf dem Rücken lag, war ihr Blick gegen die Decke gerichtet. Dort sah sie das Holzmuster. Sie konnte die einzelnen Kassetten zählen, aber dann verschwand auch dieses Bild vor ihren Augen.

Sie wusste nicht, was mit ihr geschah. In dem Bett schien tatsächlich etwas zu wohnen. Es strömte eine Kraft aus, mit der sie noch nie zuvor in Kontakt gekommen war.

Was war das nur?

Eine Antwort fand sie nicht. Sie schaffte es nur mit Mühe, normal nachzudenken, weil sich die Kraft verstärkte. Sie erfasste sie von allen Seiten, und als Claire sich konzentrierte, da merkte sie, dass sich unter ihr etwas tat.

Da war das Bett in Bewegung geraten. War es die Matratze oder nur die violette Zudecke gewesen, auf der sie lag? So genau konnte sie das nicht sagen. Sie wusste nur, dass sie sich nicht getäuscht hatte.

Etwas rumorte unter ihr.

Etwas wollte hervor, das sich bisher verborgen

gehalten hatte. Und sie stellte fest, dass ihr Wohlgefühl plötzlich verschwunden war. Aber sie war nicht wieder in die Normalität zurückgekehrt, sondern erlebte etwas völlig Neues.

Das Bett bestimmte ihren Zustand! Sie war in dessen Griff geraten, und das Wort Griff erhielt für sie in den folgenden Sekunden eine völlig neue Bedeutung.

Etwas packte sie von unten!

Sehen konnte sie nichts, aber die Bewegungen waren da. Sie spürte sie an der Decke, die nicht starr, aber auch von ihr nicht bewegt wurde, sondern durch eine andere Kraft Falten warf.

Ihre Gefühlswelt hatte sich radikal verändert. Sie war auf den Kopf gestellt worden. Aus Genuss oder Freude war eine kalte Angst geworden. Unter ihr gab es etwas, das es nicht geben sollte, das sich aber immer mehr in den Vordergrund schob.

Und es kam hervor!

Zuerst wollte Claire es nicht glauben, doch sie konnte sich nicht dagegen wehren. Im Bett hatte etwas gelauert. Sie sah es nicht, weil sie es nicht schaffte, den Kopf zu heben. Aber es war stark, stärker als sie – und plötzlich griff es zu. Etwas umschlang gleichzeitig ihre Hand- und Fußgelenke. Etwas, das sich anfühlte wie kalte Totenklauen...

Norman Randall hatte seine Freundin schon seit Längerem intensiv bearbeitet, um sie dazu zu bringen, mit ihm ins Museum zu gehen und sich auf das Bett zu legen.

Wohl hatte er sich dabei nicht gefühlt. Zwar wusste er nicht alles von diesem Bett, aber es gab Hinweise oder Warnungen, sich davon fernzuhalten. Deshalb war auch die Tür stets geschlossen. Aber er hatte es geschafft, sich den Schlüssel zu besorgen und auch seine Freundin heiß zu machen, sich das Bett mal genauer anzuschauen. Sie hatte schon immer nach einer guten Story gesucht, um sich gegen interne Konkurrenz behaupten zu können, und so hatte sie schließlich zugestimmt.

Jetzt war es passiert. Es gab kein Zurück mehr. Er war auch froh, als er sah, dass sich Claire auf dem Bett wohl fühlte. Das bestätigte sie ihm zwar nicht, aber er musste nur in ihr Gesicht schauen, um dies zu erkennen. Ja, sie fühlte sich gut. Ihm fiel ein Stein vom Herzen. Dieses Bett war schon etwas Ungewöhnliches.

Bisher hatte er nur davon gehört, nun erhielt er den Beweis. Von dem Bett musste etwas ausgehen, das für ein entspanntes Gefühl bei der Person sorgte, die darauf lag.

Claire lächelte. In ihren Augen lag der Ausdruck einer tiefen Zufriedenheit. Deshalb brauchte er sich auch keinen Kopf zu machen. Er fragte sich allerdings, wie er es schaffen sollte, Claire wieder aus dem Bett zu bekommen. Zwar schlief sie nicht, aber sie befand sich in einem Zustand, der nicht normal war, denn dass sie so starke positive Eindrücke erleben würde, damit hatte er nicht gerechnet. Und er musste jetzt zugeben, dass dieses Bett tatsächlich etwas Ungewöhnliches war.

Er tat nichts, er wartete ab. Nur wollte er nicht stundenlang neben dem Bett stehen und den Zuschauer spielen.

Der Gedanke war ihm kaum durch den Kopf gezuckt, als ihm etwas auffiel. Er musste schon zweimal genau hinschauen, dann wusste er Bescheid.

Der Ausdruck in Claires Gesicht hatte sich verändert. Er war nicht mehr gelöst, aber auch nicht wieder normal geworden, sondern äußerst angespannt.

Was war da los?

Eine Hitzewelle schoss durch seinen Körper, Schweiß bildete sich auf seiner Oberlippe. Er konnte den Blick nicht von seiner Freundin abwenden, die zwar noch immer auf dem Bett lag, aber längst nicht mehr ruhig war, sondern sich von einer Seite zur anderen wälzte.

Dabei blieb es nicht. Sie bekam Druck von unten, sodass ihr Körper immer wieder angehoben wurde, um dann einen Moment später wieder nach unten zu fallen. Sie war nicht mehr in der Lage, die Stöße auszugleichen.

Norman fand keine Erklärung für dieses Phänomen. Er stand da und staunte mit offenem Mund. Er traute sich nicht, seine Freundin anzufassen, bis ihm klar wurde, dass sich Claire aus eigener Kraft nicht mehr helfen konnte und er eingreifen musste.

Es blieb beim Wollen, denn die andere Seite zeigte ihm, wo es langging. Sie war da.

Und wie sie sich zeigte, war einfach grauenhaft.

Bisher waren auf dem Bett nur die Decke und seine Freundin darauf zu sehen gewesen. Das hatte sich nun geändert. Aus der Matratze oder woher auch immer waren vier Hände gedrungen, die so violett wie die Decke waren und sich anscheinend aus ihr gebildet hatten.

Zwei Hände für die Arme und zwei für die Beine!

Das dachte Normal Randall, und wenig später wurden diese Gedanken zur grauenhaften Realität, denn die knochigen violetten Hände packten zu und umfassten Claires Hand- und Fußgelenke...

Claire Cramer wollte schreien. Was sie erlebte, war grauenhaft. Sie hatte die Klauen noch nicht richtig gesehen, und trotzdem wusste sie, was sie da gepackt hatte und nicht mehr loslassen wollte.

Hände, Totenklauen, die ihre Haut zusammendrückten, sodass sie Schmerzen spürte.

Das Bett ist eine Falle!

Es war ihr letzter normaler Gedanke, denn jetzt geschah etwas, das ihre aufkeimende Panik ins Unermessliche steigerte.

Jemand zog sie in die Tiefe!

Das konnte nicht wahr sein! So etwas war unmöglich! Sie wollte nicht daran glauben. Das Bett war doch kein tiefes Loch, in das man sie hineinziehen konnte, um sie für immer aus dem normalen Leben herauszureißen.

Und doch war es so. Sie wurde in die Tiefe gezogen, und kein Widerstand hielt sie auf. Claire wurde zum Opfer einer fremden Macht, der sie nichts entgegenzusetzen hatte.

Den Mund hatte sie weit aufgerissen. Die Augen ebenfalls. Sie starrte gegen die Decke, an der sich alles verschob. Von irgendwoher senkte sich eine graue Dunkelheit auf sie nieder.

Vielleicht war es auch nicht die Decke, sondern bereits die kalte Erde, in die sie hineingezogen wurde.

Die Totenklauen zerrten sie immer tiefer in ein schreckliches Grab und damit dem Ende ihres Lebens entgegen...

Gab es eine Erklärung?

Auch wenn es eine gegeben hätte, Norman Randall hätte sie gar nicht wissen wollen. So stand er neben dem Bett und schaute einfach nur. Es war mehr ein Starren, und das Unglaubliche hatte sich in seinen Blick geschlichen. Er war Zeuge von etwas eigentlich Unmöglichem geworden. Er hatte es mit eigenen Augen gesehen und war trotzdem nicht in der Lage, es zu begreifen.

Er stierte auf das leere Bett mit der leicht zerknautschten Decke. Hinter seiner Stirn tuckerte es. Er sah das leere Bett und das, was sich auf ihm abgespielt hatte, lief wie ein sich ständig wiederholender Film vor seinem geistigen Auge ab.

Hier hatte sich ein normales Bett in ein Monstrum verwandelt. Es hatte sich verändert, und es waren aus einer Tiefe, die es eigentlich gar nicht gab, vier Klauen gestiegen, die brutal zugegriffen und sich ein Opfer geholt hatten. Sie waren die schaurigen Boten einer fremden Macht gewesen, die sich diese menschliche Beute geholt hatte.

Ja, Claire war weg!

Obwohl Norman noch völlig verwirrt war, fing er an, darüber nachzudenken, wo sie womöglich hätte sein können. In dieser Welt? Nicht mehr in dieser Welt?

In einer Lage wie dieser war alles möglich. Er hatte das Gefühl, dass sich alles vor seinen Augen drehte. Das war auch der Augenblick, an dem er aus seiner Starre erwachte und zunächst mal tief Atem holte.

Das Bett ließ er dabei nicht aus den Augen. Ja, es sah normal aus. Das war alles okay. So wie er es beim Betreten des Zimmers gesehen hatte. Aber die Person, die sich darauf gelegt hatte, war verschwunden.

Norman war froh, dass er seine Schwäche überwunden hatte. Ihm selbst war nichts geschehen, und er war sich klar darüber, dass er großes Glück gehabt hatte.

Aber wie ging es weiter?

Das war die große Frage. Es gab eine Antwort. Nur kannte er sie nicht. Er hatte Claire gedrängt, mit ihr in dieser Nacht ins Museum zu gehen. Er hatte sie neugierig auf das Bett gemacht, und er hatte alle Warnungen in den Wind geschlagen. Die Tür war ja nicht grundlos verschlossen gewesen. Menschen waren davor gewarnt worden, das dahinter liegende Zimmer zu betreten, und nun hatte es diesen schrecklichen Vorfall gegeben.

Wo war Claire? Wer hatte sie geholt?

Er hätte die Fragen am liebsten hinausgeschrien, doch seine Kehle saß zu. Er war froh, überhaupt Luft holen zu können. Blut war ihm in den Kopf gestiegen, der glühte. Er musste sich mit dem Gedanken vertraut machen, dass man ihn nach Claire fragen würde, wenn sie nicht mehr zurückkehrte.

Er musste jemanden finden, dem er alles erzählen konnte. Aber wer würde ihm glauben? Von seinen Bekannten oder seinen Freunden keiner.

Da blieb nur die Polizei.

Er lachte auf, als er daran dachte. Man würde ihn verhaften, man würde ihm nichts glauben. Man würde ihn für den Täter halten. Trotz all dieser Gegenargumente blieb ihm keine andere Wahl. Er musste zur Polizei und Claires Verschwinden melden, und es war besser, wenn er es sofort tat, bevor die große Suche begann, denn Claire Cramer lebte nicht allein. Zudem hatte sie sicherlich einige Kollegen aus der Redaktion informiert, dass sie auf der Jagd nach einer guten Geschichte war, wenn auch nicht über Details.

»Aber ich bin nicht schuldig«, flüsterte er sich selbst zu. »Nein, das bin ich nicht. Ich habe ihr nur einen Vorschlag unterbreitet, und sie hat zugestimmt. Sie ist erwachsen...« Er schluchzte auf und winkte ab, während seine Stimme versagte.

Spuren hatten beide nicht hinterlassen. Wer das Zimmer aus welchen Gründen auch immer betrat, würde nichts sehen, nur das Bett. Es machte einen harmlosen Eindruck, aber er wusste jetzt, dass es keineswegs harmlos war.

Er nahm Claires Mantel auf und ging.

Bevor er die Tür schloss, drehte er sich noch mal nach dem Bett um, und er sah es leer vor sich stehen. Als wäre nichts passiert.

Norman Randall löschte das Licht und ging. So hatte er sich den Besuch nicht vorgestellt, und ihm war klar, dass ihm alles andere als eine gute Zeit bevorstand...

Godwin de Salier, Anführer und Abt der in Südfrankreich lebenden Templer, hatte bis zum

Einbruch der Dunkelheit gewartet, um seinen Gang durch den Garten anzutreten. Er wollte noch mal frische Luft schnappen. Der Tag war noch warm gewesen, aber diese Wärme hatte sich nach Einbruch der Dunkelheit verflüchtigt. Es lag auch daran, dass ein frischer Wind aufgekommen war, der sein Gesicht kühlte.

Diese Stunde der Entspannung gönnte er sich. De Salier ging durch den Klostergarten. Hier konnte er sich seinen Gedanken ergeben. An die Zukunft denken und die Vergangenheit Revue passieren lassen.

Er und seine Freunde waren Hüter oder Wächter. Templer, die sich dem Guten verschrieben hatten und die es sich zur Aufgabe gemacht hatten, die Feinde der Menschheit zu bekämpfen.

Der alte Kampf war nicht beendet. Auch in dieser Zeit gab es zwei Gruppen vom Templern. Die eine Gruppe stand auf seiner Seite und die andere diente dem Bösen. Der Hölle und der Schwarzen Magie, der sie sich verschrieben hatte.

Dabei war ihnen jedes Mittel recht. Sie zogen auch andere Menschen auf ihre Seite, und so waren die Templer in Alet-les-Bains ständig auf der Hut.

In den letzten Monaten war es ruhig gewesen. Die Hitze des Sommers war vorbeigegangen, ohne dass es zu großen Kämpfen gekommen wäre, aber einer wie Godwin traute dem Frieden nicht, und so waren er und seine Freunde stets auf der Hut. Egal, ob am Tag oder in der Nacht.

So war es auch an diesem Abend. Er war wirklich wunderbar, man konnte durchatmen, und der kleine Park war zu einem geheimnisvollen Ort der Ruhe geworden.

Der Himmel zeigte keine tiefe Schwärze. Der Mond malte sich dort ab. Er war am Abnehmen und zu einer Sichel geworden. Sein Licht streute trotzdem noch bleich dem Erdboden entgegen und fiel auch in den Klostergarten, sodass die Hecken und Rasenflächen einen bleichen Anstrich erhielten.

An den Bänken ging er vorbei und hielt dort an, wo der schmale Weg begann, der ihn zur Kapelle führte, in der sich die Templer hin und wieder zum Gebet versammelten.

Alles hatte hier seine Ordnung. In der letzten Zeit hatte es keine Probleme gegeben, trotzdem fand der blondhaarige Mann keine innere Entspannung. Er wurde einfach das Gefühl nicht los, dass irgendwann etwas passieren würde.

In die Kapelle ging er nicht. Am Beginn des Wegs hielt er an und drehte sich um, weil er sich auf den Rückweg machen wollte. Sein Blick streifte die mächtige Mauer des Klosters an der Rückseite. Fenster gab es dort auch. Die meisten waren dunkel, aber einige malten sich als kleine Vierecke ab, als hätte das Licht des Mondes sie ausgefüllt.

Er sah auch die erhellten Fenster seiner Wohnung, die er mit seiner Frau Sophie Blanc teilte. Sie war die einzige weibliche Person, die in dem Kloster lebte, und auch sie war etwas Besonderes, denn in ihr war Maria Magdalena wiedergeboren worden.

Auch ein Godwin de Salier hätte in dieser Gegenwart nicht leben können. Er war ein Mann des Mittelalters, ein Kreuzritter, aber er war durch eine Zeitschleife in die Gegenwart gelangt, und das hatte er seinem Freund John Sinclair zu verdanken.

Godwin, der Templer aus der Vergangenheit, war wieder bei den Templern gelandet und hatte sogar deren Anführer, Abbé Bloch, nach dessen Tod abgelöst. Die Zeit war vergangen, die Gefahren waren nicht weniger geworden, auch wenn jetzt nichts davon zu merken war und die letzten Wochen sehr ruhig
verlaufen waren.

Er hätte nicht nervös sein müssen, und er war es trotzdem. Irgendetwas hielt sich verborgen. Aber noch zeigte es sich nicht.

Mit diesen Gedanken näherte sich Godwin dem Eingang an der Rückseite, wo seine Wohnung lag. Sophie hatte das Licht nicht gelöscht. Sie wollte auf ihren Mann warten und hatte ihm versprochen, mit ihm noch ein Glas Wein zu trinken.

Er betrat das Haus. Bis Mitternacht waren es noch mehr als zwei Stunden. Müde fühlte er sich nicht, und den abschließenden Weg durch das Haus würde er sich an diesem Abend sparen.

Der Templer hörte aus dem Wohnzimmer leise Stimmen. Für einen Moment wunderte er sich. Er dachte daran, dass seine Frau Besuch hatte, aber das stimmte nicht. Es waren die Stimmen aus dem Fernseher, der lief. Er sah es, als er die Tür öffnete. Über den Bildschirm lief irgendeine politische Diskussion, die die Gemüter der Teilnehmer erhitzte. Das war zu hören und auch zu sehen.

Godwin schloss leise die Tür.

Seine Frau hatte ihn trotzdem gehört. Sie saß mit angezogenen Beinen auf der Couch und drehte jetzt das Gesicht zur Tür hin, wo Godwin wie ein großer Schatten stand.

»Alles in Ordnung?«, fragte sie.

»Ja, es ist alles bestens.«

»Möchtest du jetzt ein Glas Wein?«

»Gern.«

Sophie griff zur Fernbedienung und schaltete die Glotze aus. Nur zwei Lampen im Raum gaben ein sanftes Licht ab, und dort, wo die schwache Helligkeit über eine Anrichte floss, stand die Flasche Wein bereit. Sophie hatte sie bereits entkorkt, damit das Getränk atmen konnte. Auch Gläser hatte sie geholt und neben die Flasche gestellt.

»Super vorbereitet«, lobte Godwin.

»Ich habe mich auch auf den Abend gefreut.«

»Gibt es denn einen Grund dafür?«

»Der Sommer ist vorbei.«

»Aha. Und jetzt fließt der Saft der Reben – oder?«

»Ja, so sehe ich das. Trinken wir auf die Ernte, die Lese, einfach auf die neue Jahreszeit.«

»Wie du willst.«

Godwin ließ das edle Getränk behutsam in die Gläser laufen. Er freute sich auf den Burgunder, und er freute sich darauf, den edlen Tropfen mit seiner Frau trinken zu können. Mit einer wunderbaren Person, deren hellblondes Haar auch zu einem Engel gepasst hätte, und wie ein Engel kam ihm Sophie des Öfteren vor. Dazu trugen auch ihre zarte Haut, die weichen Lippen und die wunderschönen Augen bei, die so herrlich strahlen konnten.

Mit den beiden Gläsern in den Händen trat er zu ihr und nickte ihr zu, bevor er ihr ein Glas überreichte. Dann ließ er sich neben ihr nieder. Beide stießen an und lauschten dem Klang, der als leises Echo nachhallte.

Während sie tranken, schauten sie sich über die Glasränder hinweg an. Es waren tiefe Blicke, die sie wechselten. Einfach nur eine optische Geste des Verstehens. Da mussten keine großen Worte gesagt werden. Beide stellten ihre Gläser auf den Glastisch vor ihnen und Godwin lehnte sich auf der Couch zurück, während Sophie dicht an ihn heran rutschte und ihren Kopf an seine Schulter legte.

»Darf ich dich was fragen, Godwin?«

»Immer doch.«

»Worüber hast du draußen nachgedacht?«

»Warum willst du das wissen?«

Sophie strich mit der Spitze des Zeigefingers über seine linke Wange. »Weil du mir beim Eintreten einen sehr nachdenklichen Eindruck gemacht hast.«

»Kann sein.«

»Nein, das war so. Du hast nachdenklich geschaut. Wie ein Mensch, der über ein Problem nachdenkt.«

»Das ist so nicht richtig.«

»Aha. Und was stimmt?«

»Ich habe schon nachgedacht. Aber nicht über ein Problem. So ist das. Es ging mehr um allgemeine Dinge.«

»Haben sie dich denn gestört?«

»Nein, das nicht. Es ist ja in den letzten Wochen nichts passiert.«

Sophie lachte und legte dabei den Kopf zurück. »Das ist wunderbar. Du machst dir Gedanken darüber, weil hier bei uns in der letzten Zeit nichts passiert ist.«

»So ist es nicht ganz. Ich habe nur darüber nachgedacht und frage mich, warum nichts passiert ist. Hat die andere Seite sich zurückgezogen?«

»Bestimmt nicht.«

»Aber man ließ uns in Ruhe.«

»Sei froh«, flüsterte Sophie.

»Ich weiß nicht...«

Sie küsste ihn und fragte: »Was stört dich denn?«

»Die Ruhe.« Er trank einen Schluck Wein. »Selbst bei John Sinclair war nichts los, was uns betroffen hätte.«

»Stimmt. Aber so konnten wir den Sommer genießen. Und jetzt solltest du dir keine weiteren Gedanken darüber machen.«

»Ich weiß nicht, ob ich das kann. Es ist mir alles ein wenig unheimlich geworden.«

»Weil nichts passiert?«

»Ja.«

»Das darfst du so nicht sehen, Godwin. Du musst dich mehr dem normalen Leben widmen. Lass es so laufen, bitte, dann haben wir mehr Zeit für uns.«

»Stimmt.« Er lächelte sie an. »Ich muss mich nur erst daran gewöhnen.«

»Das schaffst du. Das schaffen wir.« Sie trank und schaute ihn an. »Ich habe schon darüber nachgedacht, ob wir nicht mal in Urlaub fahren sollten.«

Godwin de Salier bekam große Augen. Als hätte seine Frau etwas Schlimmes gesagt.

»He, schau nicht so.«

»Urlaub?«, fragte er.

»Ja.«

»Aber das ist nicht möglich, Sophie. Ich kann das Kloster und meine Mitbrüder doch nicht im Stich lassen. Nein, nein, Urlaub kannst du dir abschminken. Das ist der Preis für unser Leben. Aber wenn du unbedingt in Urlaub fahren möchtest, ich habe nichts dagegen. Ich wäre – nun ja – ich...«

Sophie lachte, sodass er nicht mehr weitersprach. »Okay, vergessen wir alles.

Wir bleiben hier, ich weiß ja, wen ich geheiratet habe.«

Godwin nickte. Seinem Gesicht war anzusehen, dass er sich nicht eben wohl in seiner Haut fühlte. »Verstehen kann ich dich schon«, gab er zu, »und vielleicht schaffen wir es auch mal. Einfach nur weg und etwas Neues zu Gesicht bekommen. Etwas Privates, das nicht mit irgendwelchen Dingen in Berührung kommt, die uns belasten.«

»Ein Wochenende?«

»Das wäre zu überlegen.«

»Ich bin dabei.« Sophie hauchte ihrem Mann einen Kuss auf die Lippen. Danach stießen beide wieder an und genossen die nächsten Schlucke. Gemeinsam stellten sie die Gläser ab – und zuckten beide gleichzeitig zusammen.

»Da war etwas!«, flüsterte Sophie.

Godwin nickte nur. Seine Haltung hatte sich aber verändert. Er saß mit gespannten Sinnen da und lauschte.

»Das muss nebenan gewesen sein«, flüsterte Sophie.

»Im Arbeitszimmer?«

»Wo sonst?«

Godwin sagte nichts mehr. Er stützte sich mit der linken Hand ab und stand auf. Vor der Couch blieb er für einige Sekunden stehen, den Blick auf die Verbindungstür gerichtet, hinter der sein Arbeitszimmer lag.

Es war eigentlich unmöglich, dass dort jemand einbrach. Er hätte schon ein Fenster einschlagen müssen. Der normale Besucher kam durch die Tür, aber nicht mehr um diese Zeit. Es sei denn, es hätte eine Gefahr gelauert.

Das Geräusch wiederholte sich nicht. Trotzdem gingen beide davon aus, dass sie sich nicht geirrt hatten, und dem musste auf den Grund gegangen werden.

Natürlich war die Stimmung dahin. Plötzlich hatte sie der Alltag wieder. Der Templer bewegte sich durch sein Zimmer wie ein Fremder. Er war auf böse Überraschungen gefasst, da er auch wusste, dass seine Feinde sich immer neue Tricks einfallen ließen.

Vor der Tür hielt er an. Auch Sophie hatte es nicht auf ihrem Platz gehalten. Sie war Godwin gefolgt und wartete darauf, dass er die Tür öffnete.

Er lauschte noch und legte dabei sein Ohr gegen das Holz.

»Und?«, hauchte Sophie, als sich Godwin wieder erhob.

»Ich glaube, da ist tatsächlich jemand.«

»Ach. Und was hast du gehört?«

»Das kann ich dir nicht sagen. Ich habe es nicht herausgefunden, aber das ist nur eine Frage der Zeit.«

Es gab kein Zögern mehr. Godwin war auch nicht vorsichtig. Er zerrte die Tür auf und schaute in einen geräumigen Raum, in dem es nicht dunkel war. Ein Licht brannte Tag und Nacht. Und es war in diesem Fall gut, denn so sah er, dass sie tatsächlich Besuch bekommen hatten. Nur konnte er kaum glauben, was er da zu sehen bekam.

Der Besuch hielt sich nicht mitten im Zimmer auf, er saß auf einem bestimmten Platz, dem Knochensessel...

Dass es sich bei dem Besuch um eine Frau handelte, registrierte er wie nebenbei. Es war für ihn kaum zu fassen, dass sie diesen Platz eingenommen hatte. Sie saß tatsächlich auf dem Knochensessel und schien sich dessen gar nicht bewusst zu sein. Sie klammerte sich an dem Gerippe fest und atmete heftig. Zwischendurch stieß sie Wehlaute aus und schüttelte heftig den Kopf.

Godwin hatte so etwas noch nicht erlebt. Wie kam diese Frau auf den Sessel? Er glaubte nicht daran, dass sie ins Kloster eingebrochen war, sie war auf einem viel spektakuläreren Weg hier erschienen.

Sophie trat so nahe an ihren Mann heran, dass sie ihn berühren konnte.

»Kennst du die Person?«, fragte sie.

»Nein, ich habe die Frau nie gesehen. Ich weiß auch nicht, wie sie hergekommen ist.«

»Durch den Sessel, Godwin. Er ist nicht ihr

Feind, und darüber kann man sich nur wundern.«

Das konnte man. Selbst Godwin war sprachlos, was bei ihm nicht so oft vorkam. Er stand da und wusste im Moment nicht, was er tun sollte. Der Knochensessel stammte aus alter Zeit. Er war aus dem Skelett des Jacques de Molay entstanden, des letzten großen Führers der Templer, der im Jahre 1314 auf einer Seine-Insel hingerichtet worden war.

Dann war er in den Besitz des Templer-Führers Hector de Valois und auf irgendeine Weise nach New York gelangt, wo ihn Bill Conolly, ein Freund des Geisterjägers John Sinclair, ersteigert hatte. Der hatte dieses Relikt dann seinen Freunden, den Templern, überlassen, worüber Godwin sehr froh war.

Er wusste, dass der Sessel sein eigenes Leben hatte. Er ließ nicht jeden auf sich Platz nehmen. Personen, die nicht würdig waren, tötete er. Da erwachte er zu einem unheilvollen Leben und schaffte es, die Leute, die er nicht mochte, zu erwürgen.

Nicht bei dieser fremden Frau. Darüber wunderten sich Godwin und Sophie. Sie war es dann auch, die leise eine Frage stellte.

»Wie ist es möglich, dass die Frau dort sitzen kann? Schau sie dir mal an. Sie trägt ein Kleid mit weitem Ausschnitt. Es ist recht dünn. Sie scheint also nicht von draußen gekommen zu sein.«

»Das ist richtig. Aber wir werden keine Antworten bekommen, wenn wir sie nicht fragen.«

»Soll ich es übernehmen?«

»Wäre nicht schlecht. Du bist eine Frau. Ich habe den Eindruck, dass sie gar nicht weiß, wo sie sich hier befindet. Sie ist noch immer von der Rolle.«

»Kein Wunder. Freiwillig ist sie sicher nicht hier erschienen.«

Sophie sprach nicht mehr weiter. Sie handelte. Es waren nur wenige Schritte, die sie zurücklegen musste, bis sie vor dem Knochensessel stand. Sie schaute ins Gesicht der Frau, auf dem sich allmählich die Spannung löste. Sie kam jetzt zu sich und sie änderte auch ihre Haltung, denn sie richtete sich jetzt auf, sodass sie mit dem Rücken die Lehne berührte. Ihre Arme hatte sie auf die knöchernen Lehnen gelegt und hielt sie umklammert.

Ihr Blick glitt nach vorn und saugte sich in Sophies Gesicht fest. Da wurden die Augen groß. Noch bevor sie von einem neuen Angstschub erfasst werden konnte, zeigte sich auf Sophies Gesicht ein warmes Lächeln.

»Hallo«, sagte sie leise. »Wer immer Sie sind, Sie brauchen sich nicht zu fürchten.«

Die Fremde sagte nichts. Aber sie holte tief Luft und strich über ihre Augen.

»Wo bin ich hier?«

»Das werden wir Ihnen gern erklären. Ich denke, Sie sollten erst mal aufstehen.«

Sophie streckte der Fremden ihre rechte Hand entgegen, die nach einem kurzen Zögern auch ergriffen wurde, sodass Sophie sie vom Knochensessel hochziehen konnte.

Erst jetzt wurde der Fremden richtig klar, wo sie gesessen hatte. Sie warf dem Sessel einen schiefen Blick zu und schrie leise auf. Sie wollte etwas sagen, bewegte auch den Mund, aber es drang kein einziges Wort hervor.

Sophie sagte ihren Namen. Sie stellte auch Godwin vor, der im Hintergrund stand und erst mal abwartete.

Die Fremde hatte alles gehört. Sie deutete ein Nicken an, schaute wieder auf den Sessel, und es war deutlich zu sehen, wie ein Schauer sie erfasste. Danach reagierte sie sehr menschlich, denn sie fragte nach einem Schluck Wasser.

Godwin hatte den Wunsch gehört. Er verschwand, um das Getränk zu holen.

Seine Frau fasste die Besucherin an, die sich gern weiterziehen ließ. Sophie wollte nicht im Arbeitszimmer ihres Mannes bleiben. Sie gingen in den Wohnraum, wo Godwin bereits mit dem Glas Wasser wartete. Die Frau bewegte sich noch immer wie eine Schlafwandlerin. Sie ließ ihre Blicke schweifen, doch alles, was sie zu sehen bekam, war ihr fremd.

Erst als sie saß, fragte Godwin sie nach ihrem Namen.

Erst trank sie einen Schluck Wasser, dann gab sie die Antwort. »Ich heiße Claire Cramer.« Sie fasste wieder nach dem Glas, trank abermals und schaute sich um. Erst jetzt traute sie sich, die Frage zu wiederholen, die ihr auf der Seele brannte.

»Wo bin ich hier?«

Diesmal gab Godwin de Salier die Antwort. »In einem Kloster, das in einem Ort mit dem Namen Alet-les-Bains steht.«

Claire Cramer gab keine Antwort. Sie hob die Schultern und schluckte dann.

»Wir befinden uns hier in Südfrankreich.«

Den Satz hatte Sophie gesagt, und sie hörte den leisen Schrei und danach das Wort »Nein!«

»Doch. Warum sollten wir lügen?«

»Aber wie kann ich hierher kommen?«, rief Claire mit einer Zitterstimme. »Das sind doch wahnsinnig viele Kilometer von meiner Heimat entfernt. Von meiner Stadt...«

»Woher kommen Sie denn?«, fragte Godwin.

Claire gab zunächst keine Antwort, bis sie flüsterte: »Das glauben Sie nie.«

»Versuchen Sie es.«

»Ich komme aus London.« Sie nickte. »Ja, das ist kein Witz, das müssen Sie mir glauben.«

»Niemand hat etwas dagegen gesagt«, erklärte Sophie lächelnd. »Aber es muss einen Grund geben, dass Sie hier bei uns auf dem Knochensessel gelandet sind.«

Als das Wort Knochensessel gefallen war, malte sich auf dem Gesicht der Besucherin wieder der Schrecken ab. Noch immer konnte sie sich nicht damit abfinden, wie sie gereist war.

»Am besten ist es, wenn Sie uns alles von Beginn an erzählen«, schlug der Templer vor.

»Was meinen Sie denn?«

»Wie es zu dieser ungewöhnlichen Reise kam.«

»Ungewöhnlich«, flüsterte Claire Cramer und starrte ins Leere. »Ja, das kann man wohl sagen. Aber ich behaupte, dass es nicht nur ungewöhnlich ist, sondern auch unerklärlich. Ich habe mich als Reporterin auf etwas eingelassen, das ich nun bereue. Aber es gibt wohl kein Zurück mehr. Außerdem müssen Sie mir versprechen, dass Sie mich nicht auslachen, denn was ich Ihnen sage, entspricht der reinen Wahrheit.«

»Wir versprechen es«, sagte Sophie.

Danach konnten sie und Godwin nur zuhören. Ihre Blicke hingen an den Lippen der Frau, die mit klarer Stimme berichtete, was ihr widerfahren war.

Zum Schluss schüttelte sie den Kopf und flüsterte: »Es ist das Bett gewesen, nur das Bett. Aber ich kann es nicht erklären. Es hat mich in sich hineingezogen und dann in eine Tiefe, die ich als Schwärze empfunden habe. Ich bin erst wieder erwacht, als ich auf dem Sessel saß und Sie vor mir gesehen habe.«

»Ja, das ist uns bekannt.«

Claire breitete die Arme aus. »Aber wie ist das alles möglich? Sagen Sie es mir, bitte. Was ist mit mir passiert? In was bin ich da hineingeraten? Mein Freund hat mir nichts gesagt. Vielleicht hat er auch nichts gewusst, aber ich bin auf das seltsame Bett mehr als neugierig gewesen. Ich habe mich darauf gelegt, und jetzt bin ich hier und frage mich, wo die Klauen hergekommen sind, die mich in eine Tiefe gezogen haben, für die ich keine Erklärung weiß.«

»Das werden wir noch herausfinden«, erklärte Godwin.

»Können Sie das denn?«

Godwin nickte. »Es muss eine Verbindung zwischen dem Bett und diesem Knochensessel hier geben, davon gehe ich aus.«

»Und welche?«

»Das weiß ich leider nicht. Aber ich werde es herausfinden.« Er wechselte das Thema. »Und Sie kommen aus London, wo auch dieses Bett zu finden ist?«

»Richtig, in einem Museum. Nur ist es nicht

zur Besichtigung freigegeben. Es steht in einem Extrazimmer, dessen Tür verschlossen ist. Mehr kann ich nicht sagen.«

»Und Ihr Freund hat Sie nicht über das Bett und dessen Funktion aufgeklärt?«, fragte Sophie.

Claire Cramer ließ beide Hände auf ihre Oberschenkel fallen. »Nein, das hat er nicht. Das war auch nicht möglich. Er wusste selbst nicht genau Bescheid. Es hieß immer nur, dass dieses alte Bett ein Geheimnis birgt.« Sie nickte. »Das tut es wohl auch.«

»Und was ist mit Ihrem Freund passiert?«, fragte Sophie. »Hat er sich auch auf das Bett gelegt?«

Claire zupfte ihr Kleid zurecht. »Nein, das hat er nicht. Ich war diejenige, die sich dazu bereit erklärt hat. Jetzt weiß ich, dass es dumm von mir gewesen ist. Aber es ist nun mal nichts mehr daran zu ändern und ich muss froh sein, dass ich es überlebt habe – oder?«

»Das kann man wohl sagen«, sagte Sophie.

Claire nickte. »Und wie geht es für mich jetzt weiter? Mein Gott, ich sitze hier fest.« Sie schüttelte den Kopf. »Südfrankreich, das kann ich immer noch nicht glauben. Und wie soll ich Sie einschätzen? Sie stellen sich einen Sessel aus Knochen in die Wohnung, der zudem kein Gag ist, sondern etwas, was ich nicht erklären kann. Oder liege ich mit meiner Ansicht völlig daneben?«

»Nein, nein, das liegen Sie nicht.« Sophie sah ihr in die Augen. »Sie müssen uns nur vertrauen, das ist alles.«

»Ja, aber das bringt mich nicht weiter. Ich denke auch an meinen Freund Norman. Er hat alles mit angesehen. Können Sie sich vorstellen, wie er reagiert haben wird?«

»Er wird entsetzt gewesen sein.«

»Genau, Sophie. Darf ich versuchen, ihn auf seinem Handy anzurufen?«

»Bitte.«

»Leider habe ich mein Telefon nicht dabei. Es befindet sich in meinem Mantel, den ich zurückgelassen habe.«

»Sie können es von unserem Apparat aus versuchen.«

»Danke.«

Wenig später hielt Claire ein Telefon in der Hand. Sie zitterte, hatte Mühe, die Zahlen einzugeben, und erst beim dritten Versuch hatte sie es geschafft.

»Die Verbindung ist da.«

»Sehr gut.« Sophie lächelte. Das allerdings verging ihr, als sie hörte, dass sich Claires Freund nicht meldete.

»Nichts.« Sie schloss die Augen. »Was – was – mache ich denn jetzt?«

Sophie gab ihr die tröstende Antwort. »Darüber zerbrechen Sie sich am besten nicht den Kopf. Es wird sich alles regeln lassen. Auch von hier.«

»Sagen Sie das nur so?«

»Nein. Wir haben beste Verbindungen nach London. Und ich denke, dass sich unsere Freunde um Ihr Problem kümmern werden. Wir werden morgen früh unsere Anrufe tätigen.«

»Und Sie lassen mich nicht weg?«

»Nein. Sie sind wichtig.« Sophie nickte ihr zu. »Sogar mehr als das. Sie bleiben unter unserem Schutz.«

»Gut.« Claire sah etwas erleichterter aus.

»Und Sie behindern mich auch nicht?«

»Was meinen Sie damit?«

»Darf ich noch mal telefonieren?«

»Natürlich.«

Die junge Frau atmete auf. »Das ist wichtig. Ich muss meinen Chefredakteur anrufen und ihm alles erklären.«

»Das sehe ich leider etwas anders«, erklärte Godwin. »Es ist besser, wenn Sie das, was Sie erlebt haben, für sich behalten.«

»Warum das denn?«

»Manchmal ist die Wahrheit unglaubwürdig.«

Claire überlegte einen Moment, bevor sie nickte. »Kann sein, dass Sie recht haben. Man wird mich für eine Spinnerin halten und mir vor allen Dingen viele Fragen stellen. Da halte ich mich besser zurück. Aber begreifen kann ich das alles noch nicht. Nicht dieses Horror-Bett und auch nicht meine Anwesenheit bei Ihnen hier. Ich habe immer gedacht, dass mich nichts mehr so leicht überraschen und erschüttern kann. Jetzt aber stehe ich voll auf dem Schlauch.« Sie wollte noch etwas hinzufügen, doch plötzlich war es vorbei mit ihrer Herrlichkeit. Sie riss noch mal die Augen weit auf, fing an zu zittern und presste beide Hände gegen ihr Gesicht, um den Strom der Tränen zu stoppen.

Irgendwo stößt jeder Mensch an die Grenzen seiner Kraft. Da machte auch Claire Cramer keine Ausnahme...

Suko und ich befanden uns noch auf dem Weg ins Büro, da erreichte uns Glendas Anruf.

»Bist du noch zu Hause, John?«

»Nein, wir sind auf dem Weg. Was gibt es

denn?« Ich stellte auf laut, damit Suko mithören konnte.

»Die Kollegen von der Metropolitan haben uns einen Mann geschickt, der etwas erlebt hat, was sie ihm nicht abnehmen.«

»Wie heißt der Mann?«

»Norman Randall.«

»Ist mir unbekannt.«

»Du wirst ihn kennenlernen. Er wartet bereits bei mir im Büro.«

»Und was hast du für einen Eindruck von ihm?«

»Nun ja, ich halte ihn nicht für einen Spinner, obwohl er ziemlich daneben ist und die Nacht nicht geschlafen haben will. Das stimmt. Man kann es ihm ansehen.«

»Gut, Glenda, wir sind gleich da.«

»Der Kaffee wartet schon.«

Mit dieser für mich positiven Nachricht legte sie auf. Suko, der fuhr, musste mal wieder das Tempo reduzieren und warf mir einen Seitenblick zu.

»Hast du schon eine Meinung, John?«

»Nein, aber er scheint kein Spinner zu sein. Glenda hat dafür einen Blick.«

»Dann lassen wir uns mal überraschen.«

Noch wühlten wir uns durch den üblichen Londoner Morgenverkehr und konnten froh sein, dass es nicht regnete, auch wenn der Himmel ziemlich trübe war.

Als wir etwa eine Viertelstunde später unser Büro betraten, saß Glenda gegenüber der Besucher auf einem Stuhl und hielt den Blick gesenkt. Er schaute auf, als wir den Raum betraten, und ein erster Blick in sein Gesicht machte uns klar, dass er etwas erlebt hatte, das an ihm nagte.

Sein Gesicht sah fahl aus. Der Blick war unruhig. Vom Alter her schätzte ich ihn auf Mitte zwanzig. Er hatte dunkle Haare.

Wir stellten uns vor, schüttelten seine Hand, die schweißfeucht war. Die übliche lockere Begrüßungszeremonie zwischen Glenda und uns fiel aus. Aber der Kaffee war frisch und auch Norman Randall nahm eine gefüllte Tasse mit, als er mit uns in unser Büro ging.

»Bitte, setzen Sie sich«, sagte ich.

»Danke.« Er hatte Mühe, die Tasse so zu halten, dass kein Kaffee überschwappte. Deshalb war er froh, dass er die Tasse auf dem Schreibtisch abstellen konnte.

»Sie waren bereits bei den Kollegen?«, fing ich das Gespräch an.

»Sogar noch in der Nacht.«

»Alle Achtung, dann hat es Sie aber gedrängt.«

»Das können Sie laut sagen, Mr Sinclair. Ich habe natürlich erwartet, dass man mir meine Geschichte nicht glaubt. Das war auch der Fall. Aber ich habe nicht locker gelassen, denn es ging um das Verschwinden eines Menschen, einer Freundin von mir, die Claire Cramer heißt und bei einer Zeitung arbeitet.«

Ich nickte und fasste praktisch zusammen: »Um sie dreht es sich also.«

»Ja, um sie, und ich bin dabei gewesen. Aber ich konnte ihr nicht helfen oder war zu feige, es zu tun. Jetzt muss ich die Konsequenzen tragen.«

»Hat man Ihre Freundin entführt?«, fragte Suko.

»Ja, man hat sie geholt.«

»Und wer? Wenn Sie dabei gewesen sind, müssten Sie es ja wissen.«

»Es war ein Bett!«

Wir hatten in unserem Leben schon einiges gehört. Aber dass ein Bett einen Menschen entführen kann, das war uns neu. Wir schauten uns nur an und hoben die Schultern.

»He, Sie glauben mir also auch nicht.«

»Das habe ich nicht gesagt.« Ich winkte ab. »Es wäre nur von Vorteil, wenn Sie von vorn beginnen und alles berichten, was Ihnen widerfahren ist, Mr Randall.«

Er trank einen Schluck Kaffee. Er machte einen abweisenden Eindruck. Ich wusste nicht, ob er mich gehört und verstanden hatte, doch dann nickte er.

»Es ist alles so gewesen, wie Sie es gleich hören werden, meine Herren.«

Er musste noch mal schlucken, dann begann er mit seiner Geschichte, die sich mehr als fantastisch anhörte. Das konnte auch Glenda hören, die in der offenen Tür stand. Sie bekam große Augen, auch wir waren zwar nicht geschockt, aber schon überrascht. Dieser Bericht war für uns wie ein Tritt in die Kniekehlen.

»Ja, jetzt wissen Sie, was meiner Freundin Claire und mir widerfahren ist.«

»In der Tat«, sagte ich, während Suko seine Stirn in Falten legte und die Augenbrauen anhob.

Norman Randall hielt seine Tasse jetzt mit beiden Händen fest und trank sie leer. Es war für ihn nicht leicht, die Beherrschung zu bewahren, aber ihm musste klar sein, dass wir Fragen hatten.

»Bitte, sagen Sie was!«

Suko übernahm es diesmal. »Nicht, dass Sie denken, wir hätten Ihre Freundin vergessen, aber es geht um dieses Bett, das in dem Museum steht. Was wissen Sie darüber?«

»Nichts.«

»Hm. Und warum ist das so?«

»Ich bin ja nur so etwas wie ein Wachmann. Ich habe von dem Zimmer gehört, in dem ein geheimnisvolles Bett stehen soll. Das ist alles. Man hat mir auch nicht erklärt, warum das Zimmer verschlossen ist. Ich bin dann davon ausgegangen, dass das Bett besonders wertvoll ist.«

»Und das machte Sie neugierig?«

Randall bekam einen roten Kopf. »Stimmt. Außerdem wollte ich meiner Freundin damit imponieren. Sie ist noch nicht lange bei der Zeitung und sucht immer nach einer geilen Geschichte. Ich habe mir dann eben einen Schlüssel besorgt und das Zimmer geöffnet. Was danach passierte, wissen Sie ja bereits.«

Klar, das wussten wir, aber wir wussten noch zu wenig.

»Und Sie können sich nicht vorstellen, wohin Ihre Freundin verschleppt wurde?«

»Nein, das weiß ich nicht.« Er hob die Schultern. »Ich habe auch nicht die geringste Vorstellung, wie sie so spurlos in dem Bett hat verschwinden können. Ich weiß nur, dass dieses Bett ein Monster ist, und frage mich, woher die vier Klauen kamen.« Er richtete seinen Blick auf mich. »Können Sie es mir sagen, Mr. Sinclair?«

»Nein.«

»Dann gibt es wohl keinen Weg, um Claire zu finden. Ich meine ja nicht, dass sie tot ist und man sie umgebracht hat. Aber je mehr Zeit verstreicht, umso stärker wühlt mich dieser Gedanke auf.«

»Das kann ich verstehen. Werfen Sie nicht gleich die Flinte ins Korn. Wir werden uns um das Horror-Bett kümmern, und da ist es zunächst mal wichtig, dass wir es in Augenschein nehmen. Wir statten dem Museum einen Besuch ab.«

»Muss ich dabei sein?«

»Es wäre besser.«

»Und was glauben Sie? Ist Claire vielleicht nicht mehr am Leben? Kann ja auch sein – oder?«

»Möglich, aber ich denke, dass wir alles der Reihe nach in die Wege leiten sollten. Wir müssen bei dem Horror-Bett anfangen, denn wir müssen weitere Informationen darüber haben. Wissen Sie vielleicht, wer sie uns geben könnte?«

»Nein, das weiß ich nicht genau. Ich würde mich mit der Führung des Museums in Verbindung setzen.«

»Das hätten wir sowieso getan. Dabei werden Sie uns auch helfen können. Ich denke, dass das Museum am Tag mit den entsprechenden Leuten besetzt ist.«

»Davon gehe ich auch aus.«

»Gut, dann steht einem Abmarsch nichts im Weg.« Das hatte ich wirklich vor, aber es gab jemand, der etwas dagegen hatte, und das war das Telefon.

Ich stand bereits und winkte Suko zu. »Bitte, heb du ab. Viel Zeit haben wir nicht.«

Er tat mir den Gefallen, ich hörte ihn sprechen und ging dabei schon zur Tür, als Suko einen Namen aussprach, der mich sofort elektrisierte.

»Ja, Godwin, du hast Glück, wir sind noch im Büro. Eine Minute später hättest du es auf dem Handy versuchen müssen. Warte, ich reiche John den Hörer.«

Wenn der Templerführer Godwin de Salier anrief, der zudem noch ein Freund von mir war, tat er das nicht, um zu fragen, ob bei uns das Wetter sonnig oder regnerisch war. Bei ihm gab es stets einen Grund, und der hatte uns schon in manchen Horror hineingeführt.

»Hallo, Godwin«, sagte ich. »Wie geht es dir und deiner wunderbaren Frau?«

»Nicht schlecht.«

»Das freut mich.«

»Aber wir haben ein Problem, und ich denke, dass es dich interessieren wird, weil die Spuren in Richtung London weisen.«

»Dann bin ich ganz Ohr.«

Godwin war ein Mensch, der nicht lange um den heißen Brei herumredete. Das tat er auch in diesem Fall nicht. Er bat mich, ihn ausreden zu lassen, was ich auch tat.

Was ich dann hörte, jagte mir einen Schauer nach dem anderen über den Rücken. Das war einfach völlig verrückt, es war ein nahezu höllischer Zufall, denn ausgerechnet die Frau, die wir suchten, war bei Godwin de Salier gelandet.

Ich musste mich erst selbst sortieren, bevor ich die nächste Frage stellen konnte.

»Und diese Claire Cramer hat tatsächlich auf dem Knochensessel gehockt?«

»Ja.«

»Okay, du hast mir einiges erzählt. Jetzt bin ich an der Reihe, und darüber wirst du dich ebenfalls wundern.«

»Lass hören.«

»Der Fall, den wir gerade bearbeiten sollen, und dein Erlebnis hängen unmittelbar zusammen.«

»Wie das denn?«

In den folgenden Minuten öffnete ich dem Templerführer die Augen. Diesmal war er wie vor den Kopf geschlagen und zweifelte sogar den Wahrheitsgehalt meiner Aussage an.

»Das kann doch nicht wahr sein«, flüsterte er.

»Ist es aber.«

»Dann ist bei euch der Mann, der seine Freundin sucht, die sich bei uns aufhält.«

»Du sagst es, und er macht sich große Sorgen um sie. Wobei ich denke, dass wir sie ihm nehmen können.«

»Okay, ich hole Claire an den Apparat.«

Ich winkte Norman Randall zu, der noch nicht wusste, was los war, und den Hörer kaum entgegennehmen wollte.

»Da will Sie jemand sprechen.«

»Und weiter?«

Lächelnd sagte ich: »Hören Sie einfach zu.«

Suko und ich waren in den folgenden zwei Minuten überflüssig. Wir erlebten einen jungen Mann, bei dem die Welt im positiven Sinne zusammenbrach. Er konnte es nicht fassen und freute sich wie irre, dass seine Freundin noch lebte.

Als ich ihm den Hörer aus der Hand nahm, fragte er mit hastiger Stimme:

»Stimmt das mit Südfrankreich?«

»Das trifft zu.«

»Aber wieso?« Er schüttelte sich. »Wie ist das

möglich?«

»Das werden wir noch herausfinden müssen. Gehen Sie einfach davon aus, dass es so ist. Es gibt auf dieser Welt zahlreiche Phänomene, denen wir uns stellen müssen, ohne sie jemals richtig begreifen zu können. Aber man kann reagieren, und das werden wir auch tun.« Für mich war die Unterhaltung beendet. Aber nicht mit meinem Templer-Freund.

»Du hörst mich, Godwin?«

»Ja.«

»Kann ich dich nach deiner Meinung fragen?«

»Kannst du, nur ist es schwer, eine Erklärung zu finden, John. Ich denke, dass es zwischen dem Knochensessel und dem Bett eine Verbindung geben muss.« Er räusperte sich. »Der Sessel und das Bett. Kann sein, dass der Zusammenhang in der Vergangenheit liegt.«

»Wir werden ihn finden, Godwin.«

»Was habt ihr vor?«

»Bisher haben wir das Bett noch nicht zu Gesicht bekommen. Das ändern wir so schnell wie möglich.«

»Okay, und wir bleiben in Verbindung. Du kannst dem jungen Mann sagen, dass wir gut auf seine Freundin aufpassen werden.«

»Mach ich, alter Junge. Bis später.«

Das Gespräch war beendet und ich wollte mich wieder an Norman Randall wenden. Er hatte sich hingesetzt und hockte bewegungslos auf dem Besucherstuhl. Seine Mundwinkel zuckten. Manchmal wischte er über seine Augen und machte den Eindruck eines Mannes, der nicht wusste, ob er das alles nicht träumte.

Ich tippte ihm auf die Schulter. »Wir sollten jetzt gehen, Mr. Randall.«

Er nickte und stand auf. In seinem grauen Jeansanzug wirkte er beinahe wie ein Totengräber. Er hielt mich am Arm fest und flüsterte: »Sie lebt, oder?«

»Ja, sie lebt. Sie haben doch mit ihr gesprochen.« »Und das ist kein Fake gewesen?«

»Nein, Mr. Randall, mit so etwas treibe ich keine Scherze...«

Das Museum gehörte nicht zu denen, die Touristenströme anzogen. Aber wer sich für Möbel aus den vergangenen Jahrhunderten interessierte, war dort richtig. Rokoko, Barock, Biedermeier, bis hin zum Bauhaus-Stil war dort alles vertreten. Nicht in Massen, sondern sehr ausgewählt. Das hatte Norman Randall Suko und mir erzählt.

Der Bau befand sich in einer Nebenstraße, in der Nähe fuhr die Eisenbahn vorbei. Entsprechende Geräusche waren ständig zu hören.

Norman Randall war nervös und wurde noch nervöser, als wir auf dem kleinen Parkplatz vor dem Gebäude hielten und ausstiegen. Er schaute sich um, als befürchtete er, von irgendeiner Seite beobachtet zu werden, aber da war nichts, was uns oder ihm hätte gefährlich werden können.

Das Museum machte nicht den Eindruck, als wäre es offen. Aber das täuschte. Von Randall erfuhren wir, dass es hier immer recht ruhig war. Vor allen Dingen zu dieser Stunde. Wir hatten zudem den Chef angerufen – oder einen, der hier das Sagen hatte, und jetzt warteten wir darauf, mit ihm sprechen zu können.

Der Mann hieß Walter Fielding und sollte angeblich ein ruhiger Typ sein, mit dem man reden konnte. Der Meinung war Norman Randall. Wie Fielding allerdings auf unsere Fragen reagieren würde, darauf wollte er sich nicht festlegen.

Es ging ja auch nicht um den Chef, sondern um das Bett. Da war ich mal gespannt, ob uns dieser Fielding helfen konnte. Er wusste Bescheid, dass wir kamen, und öffnete uns die Eingangstür, noch bevor wir sie erreicht hatten.

»Treten Sie ein, bitte.«

Erst dann begrüßte er uns mit Handschlag. Er war ein kleiner Mann mit einer blanken Kopfplatte. Der dunkle Anzug war ihm zu groß. An den Ärmeln glänzte er leicht und die dunkle Krawatte auf dem weißen Hemd saß schief. Zudem war er nervös. Seine Lippen zuckten, auf seiner Stirn schimmerte es feucht und auch seine Handfläche war nicht eben trocken.

Wir stellten uns vor. Fielding nickte einige Male, bevor er die richtigen Worte fand.

»Es ist alles so neu für mich«, erklärte er. »Ich hatte noch nie etwas mit der Polizei zu tun und bin deshalb ziemlich überrascht. Ich wüsste auch nicht, was ich mir zuschulden hätte kommen lassen, und wenn Sie hier nach gestohlenen Exponaten suchen, die werden Sie nicht finden. Hier ist alles korrekt.«

»Darum geht es uns nicht«, erwiderte ich.

Er leckte über seine Lippen. Dann schaute er Norman Randall an. »Warum haben Sie mich denn nicht informiert, dass etwas nicht stimmt? Wir hätten das regeln können.«

»Nein, das hätten wir nicht.«

»Es geht doch bestimmt um einen Einbruch – oder? Mit diesen Vorgängen haben Sie sich doch beschäftigt. Das ist Ihr Job.«

»Das weiß ich, Mr Fielding, aber ich hatte meine Gründe.«

Der kleine Mann trat etwas zurück. »Dann geht es nicht um einen Diebstahl?«

»Nein.«

»Worum denn?«

Der Mann war nicht aufgeklärt worden. Erst jetzt erfuhr er die Tatsachen aus Sukos Mund.

»Wir würden uns gern das Bett anschauen und auch mehr über dieses Möbel erfahren.«

Walter Fielding schwieg. Er schnaubte, bevor er fragte: »Welches Bett meinen Sie?«

»Gibt es denn mehrere?«

»Ja.«

»Das Bett in dem Raum, der abgeschlossen ist«, meldete sich Normal Randall zu Wort.

Fielding schaute zur Seite. Sein Gesicht verhärtete sich dabei. Er suchte nach Worten und flüsterte schließlich: »Das ist eigentlich nicht möglich. Dieses Unikat haben wir nicht grundlos in einem Extraraum aufbewahrt, damit es nicht besichtigt werden kann.«

»Was ist der Grund?«

Fielding druckste etwas herum. »Es ist eigentlich zu wertvoll. Das sind die anderen Ausstellungsstücke zwar auch, aber Betten haben oftmals eine eigenartige Anziehungskraft auf Besucher. Ich habe immer wieder erlebt, dass Leute eine Absperrung überschreiten und sich dann auf die alten Betten legen, deshalb haben wir es in einem Seitenraum untergebracht, der abgeschlossen ist.« Das mochte zwar eine Erklärung sein, die allerdings glaubten wir dem Mann nicht. Nur zeigte ihm das keiner. Suko sagte: »Wir würden uns das Bett gern mal anschauen.«

Fielding legte den Kopf zurück und wischte mit der Hand über seine Wange.

»Gut, ich kann Sie nicht daran hindern. Sie werden sich ja nicht hineinlegen wollen.«

Drauf erhielt er keine Antwort. Er bot sich als Führer an, aber das wollten wir nicht, weil Norman Randall bei uns war, der sich auskannte.

»Sie brauchen doch einen Schlüssel.« Randall schüttelte den Kopf.

»Wirklich keinen?«

»Und wir brauchen auch Sie nicht, Mr Fielding. Wir werden Sie allerdings rufen, wenn wir Fragen haben.«

Das passte ihm nicht. Er runzelte die Stirn, schnaufte mal wieder und räusperte sich, bevor er sagte: »Wenn Sie das so sehen, kann ich nichts daran ändern. Ich möchte Sie nur bitten, nichts zu zerstören.«

»Keine Sorge.« Ich lächelte ihn an. »Wir wissen, was wir zu tun haben, Mr Fielding.«

»Das hoffe ich.«

Auf seine letzte Bemerkung erhielt er keine Antwort. Wir hatten lange genug mit ihm geredet und machten uns jetzt auf den Weg. In Norman Randall hatten wir den perfekten Führer.

Wie verließen den Eingangsbereich, in dem die Kasse stand und einige Möbelstücke zum Betrachten einluden. Das interessierte uns nicht.

Wichtig war einzig und allein das Bett, und das war keinem Besucher zugänglich.

Unser Führer blieb vor einer Sperre stehen, die aus einer blauen Kordel bestand. Dahinter begann ein Gang, der weg von den Ausstellungsstücken führte und für Besucher verboten war.

Hier stand auch nichts. Die Wände waren kahl. Bilder suchte ich dort vergebens.

»Ich weiß nicht, Mr Sinclair, ob Mr Fielding überhaupt darüber informiert ist, was mit diesem Bett los ist. Gesprochen haben wir darüber nie.«

»Das kann ich mir vorstellen. Aber er wird bestimmt über seine Herkunft informiert sein.«

»Kann sein. Sie hätten ihn danach fragen können.«

»Hätte ich. Aber ich denke, dass wir es noch nachholen können. Wichtiger ist das Bett.«

»Da haben Sie recht.«

Wir hatten den Gang nicht bis zu seinem Ende durchschritten, sondern hielten in der Mitte an, denn dort befand sich die einzige Tür, die wir auf diesem Stück gesehen hatten.

Wir ließen Randall den Vortritt, der den Schlüssel aus der Tasche holte. Ich hatte mir die ganze Zeit über Gedanken gemacht und versucht, den Gegenstand einzuschätzen, den ich bisher noch nicht zu Gesicht bekommen hatte. Seine Funktion war mir bekannt. Wenn das alles so stimmte, musste ich davon ausgehen, dass dieses Bett so etwas wie ein Tor war. Kein transzendentales, sondern eines, das Menschen in unserer Dimension behielt und sie nur an einen anderen Ort schaffte.

Von hier bis nach Alet-les-Bains, wo die

Templer lebten. Und da kam mir der Gedanke, dass dieses Bett etwas mit den Templern zu tun haben könnte und speziell mit dem geheimnisvollen Knochensessel, der ja ein Templer-Relikt war.

Und diese Claire Cramer hatte auf dem Sessel gehockt, ohne dass ihr etwas passiert war. Auch das war nicht normal, denn der Sessel war ein Gegenstand, der sich wehrte, wenn Fremde sich auf ihn setzten. Seine Funktion ging sogar so weit, dass der Sessel die Menschen tötete. Bei Claire Cramer war das nicht der Fall gewesen, und da fragte ich mich natürlich sofort nach dem Grund.

Die Antwort konnte ich mir selbst nicht geben, ich hoffte stark, sie von dem Sessel zu bekommen.

Norman Randall hatte es geschafft und die Tür endlich aufgeschlossen. Er stieß sie nach innen, trat zurück und ließ uns über die Schwelle schreiten.

Zwei Dinge fielen uns auf. Zum einen war es der muffige Geruch und zum anderen die graue Dunkelheit, denn Tageslicht fiel kaum in den Raum, weil vor dem Fenster ein Vorhang hing.

Das Bett war auch zu sehen, aber nicht so, wie wir es uns gewünscht hatten.

»Warten Sie, ich mache es hell!«, sagte Norman Randall. Er ging an uns vorbei und zog den Vorhang von der Scheibe weg, sodass das Licht freie Bahn hatte.

Es wurde heller. Zwar nicht strahlend, da draußen auch keine Sonne schien, aber wir waren in der Lage, das zu sehen, was wir wollten. Eben das Bett. Es stand im rechten Winkel zum Fenster und sah so aus, wie Norman Randall es uns beschrieben hatte. Ein Gestell aus Holz mit einem hohen Kopfende, das von zwei Pfosten gestützt wurde. Zum Fußende hin gab es eine Stütze, aber wir sahen die Decke und das Kissen auf dem Bett liegen. Der violette Stoff schimmerte, weil er aus Seide zu bestehen schien.

Ich wandte mich an Norman Randall. Ich wollte ihn ansprechen, ließ es dann aber bleiben, weil ich sah, dass es ihm nicht gut ging. Er musste von Erinnerungen übermannt worden sein, denn er stand auf der Stelle und stierte das Bett an. Dabei atmete er heftig. Die Hände hatte er zu Fäusten geballt.

Er keuchte, schüttelte immer wieder den Kopf, und als ich ihn ansprach, nachdem ich ihm eine Hand auf die Schulter gelegt hatte, schloss er die Augen und flüsterte: »Ich werde das Bild einfach nicht los, Mr Sinclair. Ich sehe Claire auf dem Bett liegen, obwohl sie gar nicht hier ist. Und dann sehe ich, wie sie förmlich in die Matratze hineingezogen wurde und verschwand.«

»Bitte, Mr Randall, ich weiß, dass es schwer für Sie ist, aber Sie müssen sich jetzt zusammenreißen. Oder wollen Sie das Zimmer verlassen?«

»Nein.«

Suko meldete sich. »Wir hätten diesen Fielding fragen sollen, woher es stammt.

Das Museum muss es irgendwie besorgt haben.«

»Du hast ja recht. Das werden wir auch nachholen. Aber erst möchte ich das Bett testen. Ich bin gespannt, was passiert, wenn ich mich darauf lege.«

»Ja, versuch es.«

Norman Randall sagte nichts. Er ließ mich nicht aus den Augen, als ich meinen Standort wechselte und an die Seite des Bettes herantrat.

Alles war normal, alles blieb auch normal, als ich saß. Es geschah nichts. Ich spürte nur, dass die Matratze leicht unter meinem Gewicht nachgab, das war auch alles. Die Decke war weich und fühlte sich wirklich seidig an. Es gab unter mir auch keine weiteren Bewegungen, die vom Bett gesteuert worden wären. Es war nicht anders, als hätte ich mich auf mein eigenes Bett in meiner Wohnung gesetzt.

Mein Blick traf Norman Randalls Gesicht. Der sagte nichts und schaute mich nur aus großen Augen an. Schließlich hatte er sich überwunden und flüsterte: »So hat das Bett bei Claire nicht reagiert. Da hat es gelebt.«

»Kann sein, dass es dich nicht mag, John«, murmelte Suko.

Ich schüttelte den Kopf. »Nein, Suko, das muss einen anderen Grund haben.

Möglicherweise muss man es aktivieren und etwas aus ihm herauskitzeln.«

»Meinst du?«

Ich stand wieder auf. »Ja.« Dann fasste ich die Decke an und schlug sie zurück. Die Matratze war mit einem hellen Tuch bezogen. Es gab keine Hinweise darauf, dass sie zerstört worden war, denn ich hatte nicht vergessen, dass Norman Randall die vier Klauen erwähnt hatte, die aus dem Bett gedrungen waren.

Ein Hinweis darauf war nicht zu sehen. Wir standen wirklich vor einem normalen Bett.

Randall fühlte sich irgendwie schuldig, denn er sagte mit leiser Stimme: »Es ist traurig, aber leider wahr, ich kann Ihnen nichts demonstrieren. Sie werden mich für einen Lügner halten und...«

»Auf keinen Fall«, mischte sich Suko ein. »Außerdem haben wir den Beweis ja aus Südfrankreich. Dort ist Ihre Freundin aufgetaucht. Sie hat also eine Reise hinter sich, die wir akzeptieren sollten, ohne groß nach einer Erklärung zu suchen.«

»Das weiß ich alles. Trotzdem bin ich enttäuscht.«

»Das glaube ich Ihnen.« Suko wandte sich an mich. »Wie stehst du zu einem Test, John?«

»Du meinst das Kreuz?«

»Ja.«

»Wäre nicht schlecht. Aber ich habe soeben daran gedacht, dass ich Godwin anrufe und ihm erkläre, wo wir hier stehen und dass mit uns nichts passiert ist. Dann frage ich mich, wo die Verbindung zu den Templern ist.«

Normal Randall hatte sich etwas zurückgehalten. Jetzt mischte er sich ein und sagte: »Haben Sie etwas dagegen, wenn ich es versuche? Claire haben die anderen Kräfte angenommen, jetzt will ich wissen, was mit mir ist.«

Ich nickte. »Wenn Sie wollen.«

Er lachte leicht bitter. »Was heißt wollen? Ich muss es versuchen, ich will es testen, das ist alles. Dagegen können Sie doch nichts haben.« Er lächelte kantig.

»Außerdem sind Sie in meiner Nähe und können mich beschützen, wenn es sein muss.«

»Ja, versuchen Sie es.«

»Danke.« Er ging fast bis zum Kopfende. »Ich will auch wissen, wo Claire steckt und ob es ihr gut geht. Ich verlasse mich darauf, dass Sie auf mich achtgeben.«

Ich nickte.

Er hatte sich zu einer Aktion entschlossen und zögerte nicht länger. Behutsam wie ein Kunde, der die Matratze testen will, setzte er sich auf den Bettrand.

»Nichts zu spüren.«

»Das war bei mir auch so.«

Norman schaute mich an. »Ich werde mich jetzt mal zurücklehnen und mich so hinlegen, wie Claire es getan hat. Vielleicht bringt das etwas.«

»Okay.«

Er rückte ein Stück weit auf das Bett, hob dann die Beine an und ließ sich nach hinten sinken, sodass sein Kopf auf dem Kissen zu liegen kam.

»Alles klar?«, fragte ich ihn.

»Noch habe ich keine Probleme.«

»Warten Sie ab.«

Seine Lippen zuckten. »Das werde ich auch. Bisher komme ich mir vor, als würde ich in einem völlig normalen Bett liegen und nicht in einem Horrorgebilde.«

»Dann können Sie ja wieder aufstehen.«

»Genau, ich...«

Suko und ich bemerkten, dass er mitten im Satz stockte. Äußerlich gab es keinen Grund dafür, denn wir sahen an diesem Bett keine Veränderung.

»Norman! Was ist?«

Er hatte meine Frage gehört, doch ich erhielt keine Antwort von ihm. Seine liegende Haltung war geblieben. Trotzdem hatte er sich verändert, denn plötzlich lag er so steif wie das berühmte Brett. Er schien eingefroren zu sein. In seinem Gesicht rührte sich nichts mehr. Die Lippen lagen aufeinander, öffneten sich jetzt allerdings, sodass er durch den Mund Luft holen konnte.

Suko sprach mich an. »Wenn mich nicht alles täuscht, geht es gleich los.«

»Das fürchte ich auch!«

Norman Randall lag auf dem Rücken. Seine Augen waren weit geöffnet. Er starrte gegen die Decke. Ohne dass ich ihm eine Frage gestellt hätte, fing er an zu sprechen.

»Da ist was – ja, da ist was. Ich kann es nur nicht beschreiben. Es ist im Bett.

Eine andere Macht. Sie will mich, und ich kann mich nicht dagegen wehren.«

Er spielte uns nichts vor. Das hier war ernst. Ich musste etwas dagegen tun und sagte: »Stehen Sie auf. Sofort! Kommen Sie!«

Ich streckte ihm die Hände entgegen.

Zum Glück hatte er mich gehört. Er wuchtete seinen Oberkörper in die Höhe, wollte nach meinen Händen fassen, und genau in diesem Moment zeigte die andere Seite, wozu sie fähig war.

Bisher hatten wir nur von diesen Klauen gehört. Plötzlich waren sie da. Wir sahen sie. Aus dem Bett schnellten vier Klauen hoch und griffen zielsicher zu.

Zwei erwischten Randalls Handgelenke, die beiden anderen umklammerten die Knöchel an den Füßen. Wozu die Klauen gehörten, sahen wir nicht, aber sie waren bereit, Norman Randall zu sich zu holen...

Sophie Blanc hatte sich um ein Frühstück gekümmert. Mit am Tisch saß Claire Cramer, die allerdings kaum etwas aß. Sie trank nur Kaffee. Ein halbes Croissant hatte sie gegessen, ansonsten saß sie am Tisch und schwieg.

Godwin hatte inzwischen mit London telefoniert und mit seinem Freund John Sinclair gesprochen. Auch er war mehr als überrascht gewesen, dass plötzlich zwei Fälle zusammenkamen, doch die Schnittmenge hatte er bisher nicht herausfinden können.

Er schaute in Claire Cramers blasses Gesicht und sagte mit leiser Stimme: »Wir müssen Geduld haben, dann werden wir das Rätsel lösen.«

»Wer soll das schaffen?«

»Mein Freund John Sinclair. Ich kann Ihnen versichern, dass er der Fachmann ist.«

Sie lachte auf. »Für Horror-Betten?«

»So ungefähr.« Godwin winkte ab. »Aber Spaß beiseite, wir sind wirklich keine Anfänger, und Ihr Freund hat genau das Richtige getan, indem er sich an meine Freunde wandte.«

Sie überlegte eine Weile. »Und wie komme ich von hier weg?«

»Da warten wir erst mal ab.«

»Ich will mich nicht auf diesen Sessel setzen.«

»Wie gesagt, wir müssen abwarten. Ich denke schon, dass sich die Dinge klären werden.«

Claire nickte nur.

Natürlich saß auch der Templer wie auf heißen Kohlen. Er traute sich noch nicht, seinen Freund in London anzurufen. Es war durchaus möglich, dass er ihn störte. Er wollte noch etwas wissen. »Und Sie haben keine Ahnung gehabt, was mit diesem Bett wirklich los war?«

»Nein, das habe ich nicht. Ich war nur neugierig. Ich wollte wissen, weshalb man die Besucher davon abhielt, das Bett zu besichtigen.«

»Und Sie haben sich in das Bett gelegt?«

»Ja, ja.« Sie nickte heftig. »Es war ein Fehler, wie ich jetzt weiß. Aber es – es zog mich regelrecht an, und dann ist es passiert. Aber das habe ich Ihnen schon mehrmals erzählt.«

Godwin nickte. Er trank seine Tasse leer und dachte nach. Sich selbst gegenüber musste er zugeben, wie ratlos er war. Es gab für ihn kein Motiv. Okay, in seiner Wohnung stand der Knochensessel, doch welche Gemeinsamkeit gab es zwischen ihm und dem Horror-Bett?

Er wusste, dass der Knochensessel von den Conollys in New York ersteigert worden war, und jetzt stellte er sich die Frage, ob vielleicht auch ein Bett dazugehört hatte. Das alles lag einige Jahre zurück. Es war die Frage, ob sich der Reporter Bill Conolly noch daran erinnerte. Godwin wollte keine Möglichkeit auslassen. Er nickte Claire lächelnd zu.

»Ich werde mal telefonieren.«

»Bitte.«

»Und zwar mit einem Freund, der unter Umständen etwas mehr über dieses Phänomen weiß.«

»Sicher sind Sie nicht, oder?«

»Was ist schon sicher? Man muss kreativ

sein und zusehen, dass man alle Möglichkeiten ausschöpft.«

»Ja, das ist es wohl.«

Der Templer ging in sein Arbeitszimmer. Dort konnte er in Ruhe sprechen.

Bevor er das Telefonat begann, warf er einen Blick auf den Knochensessel.

Der stand an seinem Platz und sah unverändert aus. Es gab keinen Hinweis auf eine magische Aufladung, aber Godwin wollte ihn nicht aus den Augen lassen und setzte sich so hin, dass er ihn beim Telefonieren im Auge behalten konnte.

Die Nummer des Reporters hatte er gespeichert. Und jetzt hoffte er nur, Bill Conolly auch zu erreichen...

Bill schaute aus dem Fenster, sah das trübe Wetter und entschloss sich, die etwas dickere Jacke anzuziehen. Urplötzlich war der Herbst über das Land hereingebrochen und hielt es im Griff.

Der Reporter befand sich allein im Haus. Seine Frau Sheila war unterwegs, um eine Bekannte zu besuchen, die im Krankenhaus lag und eine Blinddarm- Operation hinter sich hatte.

Bill schleuderte den Autoschlüssel hoch und war schon fast an der Tür, da meldete sich das Telefon.

Abheben oder das Haus verlassen?

Er entschied sich, in sein Arbeitszimmer zurückzugehen, und meldete sich, ohne zuvor einen Blick auf das Display geworfen zu haben.

»Ach, Bill, du bist da.«

Der Reporter stutzte, weil er mit der Stimme des Anrufers im ersten Moment nichts anfangen konnte.

»Bitte, wer ist...«

»Ich bin es, Godwin de Salier.«

»Himmel, du! Sorry, aber ich habe deine Stimme nicht erkannt. Was gibt es? Wobei kann ich dir helfen?«

»Ich weiß nicht, ob du mir helfen kannst.«

Bill ließ sich in einen Sessel fallen. »Versuch es einfach, dann werden wir ja sehen.«

»Gut. Es geht um einen Vorgang, der schon einige Jahre zurückliegt. Erinnerst du dich noch an den Knochensessel?«

Bill lachte. »Wie könnte ich den vergessen.«

»Darum geht es.«

»Ist was mit dem Sessel passiert?«

»Nein, aber ich muss etwas von dir wissen. Du müsstest dich noch mal an die Versteigerung erinnern, und ich werde dir jetzt auch den Grund sagen.«

»Da bin ich gespannt.«

»Du hast den Sessel ersteigert, Bill. Es war bei dieser Auktion sicherlich nicht nur der Sessel da. Kannst du dich vielleicht an ein Bett erinnern, das ebenfalls zur Versteigerung stand?«

»Oh, das ist hart.«

»Ja, ich weiß, dass ich viel von dir verlange. Aber denk bitte darüber nach. Vergiss mal den Sessel und versuche dich daran zu erinnern, ob bei dieser Versteigerung auch ein Bett im Angebot war.«

»Meine Güte«, stöhnte Bill auf. »Wenn ich das noch wüsste. Sorry, ich kann es dir nicht sagen. Ich habe auch keinen Blackout. Es ist einfach zu lange her.«

»Ja, das dachte ich mir.«

Es tat Bill schon weh, die Enttäuschung aus den Worten des Templers zu hören. Er hätte ihm gern geholfen, aber konnte er sich nur an den Knochensessel erinnern und nicht an irgendein Bett, das ebenfalls zur Versteigerung angeboten wurde.

»Warum ist das Bett so wichtig?«

Der Templer wusste, dass er Bill Conolly vertrauen konnte, und legte ihm den Fall dar.

Bill war sprachlos, und das kam bei ihm selten vor. Dann hatte er sich gefangen. »John und Suko haken bereits in diesem Fall nach?«

»Ja, ich denke, dass sie das Bett bereits aufgesucht haben. Aber ich habe keinen Kontakt mit John. Er wollte mich anrufen.«

»Sorry, dass ich dir nicht helfen kann, aber dieses Bett ist mir wirklich fremd.«

»Gut, dann müssen wir eben abwarten, ob John und Suko etwas erreichen.«

»Ja, das stimmt.«

»Mach's gut, Bill, wir hören voneinander.« Der Templer legte auf und ließ einen sehr nachdenklichen Reporter zurück...

Randall bäumte sich auf. Er wollte gegen den Druck ankämpfen. Den Körper bekam er auch hoch, aber die Arme und die Beine ließen sich nicht bewegen. Sie wurden durch den harten Druck der Klauen gegen das Bett gepresst. Man konnte sie mit den Fesseln aus Stahl vergleichen, die Verbrechern umgelegt wurden.

Randall schrie.

Er kämpfte verzweifelt, und natürlich sahen und hörten auch Suko und ich, was mit ihm passierte.

Es waren nur Sekunden nach diesem Angriff

vergangen, und auch wir hatten uns erst fassen müssen.

»Du unten, ich oben!«

Es war Sukos Befehl, der an meine Ohren drang und den ich sofort in die Tat umsetzte.

Ich warf mich vor auf das Bett und bekam die Beine des Mannes zu fassen. Ich wollte ihn erst mal in der Position halten, um dann den Griff der Klauen zu lösen.

Zugleich hatte auch Suko zugepackt. Wir standen uns praktisch gegenüber, und ein jeder von uns tat sein Bestes. Norman Randall lag praktisch zwischen uns. Er schrie, er keuchte, er schnappte nach Luft, er warf sich von einer Seite auf die andere und versuchte selbst, sich aus der Klammer zu befreien.

Das war nicht möglich. Und selbst wir mussten uns geschlagen geben, denn plötzlich öffnete sich das Horror-Bett vor unseren Augen. Das sah jedenfalls so aus. Es wurde praktisch durchscheinend, und wir schauten in eine Tiefe, die es vorher nicht gegeben hatte. Sie füllte mit ihren Massen das Bett aus, und ich merkte, dass sich der Griff meiner Hände lockerte.

Der Mann entglitt mir, ohne dass ich dagegen etwas unternehmen konnte.

Auch Suko konnte ihn nicht halten, und Sekunden später erlebten wir unsere große Niederlage. Keine normalen Hände hielten den Körper fest, er sackte weg. Er löste sich auf, und wir starrten in dieses viereckige Loch, das den Maßen der Matratze entsprach, gegen die unsere Hände stießen, weil das Bett wieder normal geworden war.

Die andere Seite hatte gewonnen. Sie hatte uns die Grenzen aufgezeigt, und ich trommelte vor Wut mit beiden Fäusten auf die Unterlage.

Ich trat vom Bett weg.

Auch Suko blieb nicht mehr am Kopfende stehen. Er ging zur Seite und bewegte sich dabei leicht taumelnd. Man hatte uns vorgeführt.

»Welchen Fehler haben wir gemacht, John?«

Ich hob die Schultern. »Keine Ahnung, doch es ist möglich, dass wir nicht vorbereitet gewesen sind, und wir haben auch nicht mit einer Waffe eingegriffen.«

»Ach ja, dein Kreuz.«

Ich hob nur die Schultern und starrte auf das Bett, das wieder normal aussah.

Was steckte in ihm? Welcher Geist, welcher Dämon tummelte sich dort?

Wir wussten es nicht, und ich hätte das Horror-Bett am liebsten verbrannt. So ging das auch nicht. Sein Geheimnis musste gelüftet werden. Dass es vorhanden war, hatten wir erlebt. Nur wussten wir nicht, worauf es sich aufbaute. Das Bett aber war nicht aus Spaß weggeschlossen worden. Jemand musste darüber Bescheid wissen, wie gefährlich es war, und da kam eigentlich nur eine Person infrage.

Suko hatte so gedacht wie ich und sagte: »Ich glaube, wir sollten diesem Walter Fielding noch ein paar Fragen stellen.«

»Ja, das wäre auch mein Vorschlag gewesen.« Ich deutete zur Tür. »Der läuft uns nicht weg. Vorher sollten wir uns noch mal mit dem Bett beschäftigen.«

»Gut, John. Aber fragst du dich auch, wo

Norman Randall jetzt stecken könnte?«

»Ich hoffe, dass er bei Godwin ist.«

»Dann werden wir wohl bald einen Anruf bekommen.«

»Ja. Aber lass uns erst mal das Bett genauer unter die Lupe nehmen. Ich will einfach nicht einsehen, dass wir nichts finden. Irgendwas muss sich da auftun.«

Der Meinung war auch Suko. Er holte seine Dämonenpeitsche hervor, schlug einmal den Kreis und ließ damit den drei Riemen freie Bahn, die aus der Öffnung rutschten.

»Alles klar, John?«

»Ja, versuch es.«

Ein heimlicher Beobachter hätte über unsere Aktivitäten wohl nur den Kopf geschüttelt, doch es war uns bitterernst.

Suko schlug zu.

Die breiten Riemen fächerten auseinander, als sie sich auf dem Weg zum Ziel befanden. Dann klatschten sie auf die Decke, und wenn etwas Dämonisches in diesem Ding steckte, dann konnte es jetzt hervorkommen oder zerstört worden sein.

Was passierte? Nichts!

Suko sah mich an. Er hob die Schultern. »Da war nichts, es ist ein normales Bett.«

»Sieht so aus. Du hast deinen Part hinter dir. Ich werde es auch versuchen.« Wie ich den Angriff starten wollte, musste ich Suko nicht erst sagen. Ich holte mein Kreuz hervor. Die Kette glitt über meine Haare hinweg, dann lag mein Talisman frei. Er hatte schon auf meiner Brust keine Wärme abgegeben, deshalb war ich auch nicht enttäuscht, dass er sich kalt anfühlte.

Was würde geschehen, wenn das Kreuz Kontakt mit dem Bett bekam? Wenn zwei Gegensätze aufeinanderprallten?

Diese Frage beschäftigte mich, und so legte ich das Kreuz auf das Bett. Suko und ich schauten gespannt zu. Ich wünschte mir, dass etwas passierte, hatte aber Pech, denn mein Kreuz zeigte nicht die geringste Reaktion oder Veränderung. Es gab auch keine Wärme ab, wie ich beim Nachfühlen spürte.

Ich nahm das Kreuz wieder an mich.

»Hast du eine neue Idee?«, fragte Suko.

»Ja.«

»Und welche?«

»Wir werden das Bett ausprobieren. Wir legen uns so hinein, wie es Norman Randall getan hat.«

»Bringt das was?«

»Keine Ahnung. Aber...« Ich hörte auf zu sprechen, weil jemand an die Tür geklopft hatte. Zusammen mit Suko drehte ich mich um.

Auf der Schwelle stand der Mann mit der Glatze und dem viel zu weiten Anzug.

»Haben Sie erreicht, was Sie wollten, meine Herren?«

Wir schwiegen zunächst. Ich war auch froh, dass Suko nichts sagte, denn so konnte ich mich auf Fielding konzentrieren. Er hatte uns zwar eine normale Frage gestellt, aber ich hatte den lauernden Ausdruck in seinen Augen nicht übersehen.

Suko sagte: »Wir sind noch dabei.«

»Aha. Und wo befindet sich Mr. Randall?«

»Der ist bereits gegangen.«

Fielding sagte nichts. Er lächelte nur. Aber auch das kam mir nicht normal vor, sondern wissend. Ich wurde den Eindruck nicht los, dass er mehr wusste.

»Ähm – aber Sie wollen noch bleiben?«

»Ja, so sieht es aus.«

»Und was ist der Grund? Ich möchte das kleine Museum gern öffnen.«

»Nein, Mr. Fielding. Sie sollten es auch weiterhin noch geschlossen halten.«

»Weshalb?«

»Weil wir hier noch nicht fertig sind, ganz einfach.«

Er ließ seinen Blick schweifen. »Was gibt es denn da noch groß zu reden oder zu schauen?«

»Mit Ihnen müssen wir reden.«

Er riss den Mund auf. Ich rechnete damit, dass er zu lachen beginnen würde, doch das tat er nicht. Stattdessen schloss er seinen Mund und hob die Schultern.

»Können Sie sich nicht vorstellen, was wir von Ihnen möchten?«

»Im Moment nicht.«

»Gut, dann werde ich es Ihnen sagen. Es geht uns um dieses Bett.«

»Das hatte ich mir gedacht.«

»Sehr schön. Und von Ihnen möchten wir wissen, woher es stammt. Wer es Ihnen überlassen hat. Wir gehen davon aus, dass Sie als Chef des Museums genau über Ihre Ausstellungsstücke Bescheid wissen.«

Er schüttelte den Kopf. »Genau? Nein, da irren Sie sich. Genau weiß ich nicht Bescheid.«

»Dann sagen Sie uns, was Sie wissen«, forderte Suko ihn auf. »Jedes Detail ist wichtig.«

»Fragen Sie!«

Das tat Suko. »Warum haben Sie das Bett in diesem Raum eingeschlossen? Warum durfte es nicht besichtigt werden? Dafür muss es einfach einen Grund geben.«

Walter Fielding senkte den Blick. Wahrscheinlich konnte er uns nicht in die Augen sehen. »Das Bett ist sehr alt«, sagte er dann. »Das älteste Exponat in diesem Museum. Man kann es auf siebenhundert Jahre schätzen, und es ist trotzdem nicht zusammengebrochen. Es hat sich einfach wunderbar gehalten.«

»Ach, war das der Grund?«

»Nein, denn ich will nicht, dass man dieses wunderbare Teil anfasst und sich womöglich noch darauf legt.«

Jetzt war es heraus. Das konnte stimmen, musste aber nicht so sein.

Ich glaubte daran, dass es noch andere Gründe gab, und die wollte ich von Fielding hören.

»Was hat es für eine Vergangenheit? Woher stammt es?«

»Ich weiß nicht viel.«

»Dann sagen Sie das Wenige.«

»Es ist ein normales Bett. Mehr kann ich Ihnen auch nicht sagen.«

»Hören Sie auf!« Ich wurde allmählich sauer. »Dieses Bett muss eine Geschichte haben. Es ist nicht nur einfach normal. Dahinter steckt mehr, und ich bin mir sicher, dass Sie über das Stück genauestens informiert sind.«

»Nicht genau.«

Aha, das war immerhin ein geringer Erfolg oder Hinweis. Und ich fuhr fort:

»Dann wollen wir mehr über das Ungenaue hören.«

»Die Legende sagt, dass es ein besonderes Bett gewesen ist. Es ist auch von der Größe her anders als die normalen, und das hat auch so sein müssen.«

»Warum?«

»Weil es einem körperlich großen Menschen gehört hat. Er hat es immer benutzt. Er hat sich darin wohl gefühlt und er ist letztendlich auch darin gestorben.«

»Aha. Langsam nähern wir uns dem Ziel. Wenn dieser Mann so anders gewesen ist, muss er in der Geschichte Spuren hinterlassen haben, das sagt mir meine Erfahrung. Dann ist sicherlich auch sein Name bekannt.«

Wieder senkte Fielding seinen Blick. Dann gab er mit leiser Stimme die Antwort.

»Mehr sein Beruf.«

»Gut. Und welchem Beruf ist er nachgegangen?«

»Er war Henker!«

Oho! Bisher hatten wir nur wenig Überraschendes erfahren. Allmählich ging es ans Eingemachte.

»Henker also«, wiederholte ich. Er nickte.

»Und für wen arbeitete er?«

»Für die Kirche. Für den Orden. Ihn hat man geholt, um Ketzer aus der Welt zu schaffen. Er war derjenige, der den gefangenen und gefolterten Ketzern letztendlich die Köpfe abgeschlagen hat.«

Ich hörte Suko leise zischen und nickte dem Mann mir gegenüber langsam zu.

»Dann haben Sie verstanden, Mr. Sinclair?«

»Fast. Aber ich glaube Ihnen, dass in diesem Bett der Henker geschlafen hat.«

»Nicht nur das. Man erzählte sich, dass er auch darin gestorben ist.«

»An Altersschwäche?«

»Nein, das nicht. Er hatte sehr viele Feinde. Als der Henker total betrunken in seinem Bett gelegen hat, sind sie gekommen und haben ihn getötet.«

»Ist das alles?«

»Ja. Allerdings geht die Kunde, dass der Henker sich nicht mal gewehrt hat. Und das soll nicht an der Übermacht gelegen haben. Er hat stets nach der Hölle und dem Teufel gerufen. Jetzt kennen Sie die Geschichte des Bettes. Jahrhunderte später ist es dann auf einer Auktion erworben worden. Ein Mäzen aus London hat es damals gekauft und es diesem Museum hinterlassen.«

»Kennen Sie den Namen des Mannes?«

»Ja. Aber das wird Ihnen nicht helfen. Er ist schon tot. Wir haben dann sein Erbe verwaltet. Er wollte auch nicht, dass dieses Bett besichtigt wird, und daran haben wir uns gehalten.«

Ein Henker also hatte in diesem Bett geschlafen und war auch darin gestorben. Einer, der Menschen die Köpfe abgeschlagen hatte und das in einer Zeit, in der die Kirche und der Staat Jagd auf den Templer-Orden gemacht hatten.

Und bei den Templern stand der Knochensessel. Gab es eine Verbindung zwischen dem

Bett und dem Sessel?

Das war durchaus möglich. Ich kannte diese Verbindung nicht und wollte wissen, ob Fielding schon etwas von einem Knochensessel gehört hatte. Ich stellte ihm die Frage wie nebenbei.

Er zuckte leicht zusammen, dann schüttelte er den Kopf und hob die Schultern an.

»Nein, davon habe ich noch nie gehört. Kann es so etwas überhaupt geben?«

»Verlassen Sie sich darauf!«

»Hier im Museum werden Sie jedenfalls keinen Knochensessel finden.«

»Schon gut. Aber Sie wissen, dass dieser Henker im Auftrag der Kirche die Templer gejagt hat.«

»Ja.« Er räusperte sich. »Der Mann war der Beste seines Fachs damals, in Frankreich, unbestritten. Deshalb hat man ihn auch losgeschickt, damit er die Mächtigen zur Strecke bringt. Mit dem Fußvolk hat er sich nie abgegeben.«

»Sie denken da an die Templer-Führer.«

»Möglich.«

»Sagt Ihnen der Name Jacques de Molay etwas?«

Fielding dachte nach. Dabei zuckten seine Wangen. Wer so einem Job nachging, musste sich auch in Geschichte auskennen, und das bewies er mit seinen nächsten Worten.

»Ja, ich denke schon, dass mir der Name etwas sagt. War Jacques de Molay nicht der letzter Großmeister der Templer?«

»So ist es.«

»Dann hat der Henker ihn wohl auch gejagt.

Aber er hat ihn nicht geköpft, das weiß ich wohl.«

»Genau. Der Großmeister wurde auf der Île de la Cité dem Scheiterhaufen übergeben und verbrannt. Das war für das Volk besser, da hatten sie mehr Spaß. Gut.« Ich nickte ihm zu. »Danke für die Auskünfte. Sie haben uns geholfen.«

Meine Worte waren so etwas wie der Hinweis auf einen Abschied, aber Fielding ging noch nicht. Er blieb und hob leicht verlegen die Schultern an. »Sie wollen wirklich noch bleiben?«

»Ja. Und das Museum halten Sie bitte weiterhin geschlossen.«

»Wie Sie meinen, Sir.«

Er hatte nichts mehr zu sagen, wir ebenfalls nicht. Und so hatten wir nichts dagegen, dass er das Zimmer verließ und die Tür hinter sich schloss.

Wir waren wieder unter uns. Suko fragte mit leiser Stimme: »Ist nicht alles noch komplizierter geworden?«

»Keine Ahnung. Jedenfalls wissen wir jetzt, dass das Bett einem Henker gehört hat, der auch darin ermordet worden ist.«

»Aber du kennst keinen Namen?«

»Den kriegen wir schon noch heraus. Wenn jemand über diese Zeit informiert ist, dann Godwin de Salier. Ich wollte ihn sowieso anrufen.«

»Ja, tu das.«

In meinem Handy war die Nummer des Templer-Führers gespeichert. Es wurde schnell abgehoben, als hätte Godwin nur auf diesen Anruf gewartet.

Das hatte er auch, denn er rief: »John, ich habe darauf gewartet, dass du dich meldest. Ich wollte dich schon selbst kontaktieren, aber ich wusste nicht, ob ich den richtigen Zeitpunkt erwische. Wir haben Besuch bekommen.«

»Ja, Norman Randall.«

»Du weißt gut Bescheid.«

»Jetzt schon.«

»Darf ich davon ausgehen, dass du inzwischen mehr über den Fall erfahren hast?«

»Ich denke schon. Es geht dabei um einen Henker. Ihm hat das Bett gehört und er ist darin auch gestorben. Nur wurde er umgebracht, und das von Leuten, die ihn bis aufs Blut gehasst haben.«

»Ein Henker also.«

»Ja, Godwin. Und er hat zu der Zeit gelebt, als die große Jagd auf die Templer begonnen hat. Er war derjenige, der die höheren Chargen gejagt hat, und ich denke, dass er auch bei Jacques de Molays Festnahme dabei gewesen ist.«

»Meinst du?«

»Ich bin mir nicht sicher, Godwin. Aber ich frage dich, ob dir ein besonderer Henker bekannt ist, der damals die Templer geköpft hat. Du kennst die Zeit, und ich weiß, dass du vieles behalten hast.«

»Das trifft zu. Lass mich nur einen Moment nachdenken.« Er tat es, aber es dauerte nicht lange, denn plötzlich hörte ich seine Stimme wieder.

»Da gab es einen. Er war grausam. Die Kirche hat ihn zwar in ihre Dienste geholt, aber er hat nie ein Gotteshaus betreten. Nur sein Vorname ist mir eingefallen. Er heißt Hugo...«

»Das ist ein Allerweltsname.«

»Ja, ich weiß. Warte noch einen Moment. Mir schwirrt da etwas durch den Kopf.

Ja, jetzt weiß ich es. Hugo Farina. Jetzt hast du den Namen.«

»Danke.«

»Kannst du denn damit etwas anfangen?«

»Nein, Godwin. Wie es scheint, haben wir es mit einem Erbe des Henkers zu tun. Ich stehe hier vor dem Bett, in dem er ermordet wurde, aber ich habe dir gesagt, dass er bereits zu Lebzeiten einen Pakt mit der Hölle abgeschlossen hat und dass er irgendwo noch vorhanden ist. Sogar als Gestalt, denn ich habe die vier Klauen aus dem Bett kommen sehen. Wahrscheinlich gehören sie dem Henker, der sich in irgendeiner Dimension aufhält und vom Teufel beschützt wird.«

»Ich glaube dir alles, John, aber du musst mir auch erzählen, was dieses Bett mit dem Knochensessel zu tun hat. Kannst du das?«

»Nein, ich könnte nur theoretisieren.«

»Dann fang damit an.«

»Hugo Farina hat damals de Molay gejagt. Ich weiß nicht, ob er ihn bekommen hat, aber den Kopf konnte er ihm nicht abschlagen. Dein Vorgänger wurde verbrannt.«

»Richtig. Und aus seinen Knochen ist der Sessel entstanden.«

»Das stimmt auch. Von beiden ist etwas übrig geblieben, und so kann es wieder zu einer Verbindung kommen. Allerdings auf einer anderen Ebene. Die Tür dazu wurde im wahrsten Sinne des Wortes durch Norman Randall geöffnet.«

»Du hast gut nachgedacht, John.«

»Ich weiß. Aber wir sind noch nicht am Ende. Der Henker oder was von ihm zurückgeblieben ist, ist noch unterwegs. Es ist nicht nur der Geist. Ich gehe davon aus, dass er noch körperlich vorhanden ist. Er wird auf der Lauer liegen, um zuzuschlagen. Deshalb müssen wir mit allem rechnen.«

»Ja, John, das sagst du so. Aber hast du irgendeinen Vorschlag zu machen oder einen Plan?«

»Den habe ich tatsächlich.«

»Und?«

»Ich werde das tun, was andere Menschen vor mir getan haben. Ich lege mich auf das Bett, und dann kannst du mich auf dem Knochensessel erwarten.«

»Und du denkst, dass du dadurch des Rätsels Lösung findest?«

»Ich hoffe es, Godwin. Wenn du eine andere und effektivere Möglichkeit siehst, dann sag es.«

»Nein, im Moment nicht.«

»Genau das habe ich mir gedacht.«

»Wann können wir dich erwarten?«

»Ich werde es so schnell wie möglich in die Tat umsetzen, mein lieber Freund.«

»Ja, dann sehen wir uns, würde ich sagen.«

»Genau.«

Er wünschte mir noch viel Glück.

Als das Gespräch beendet war, sprach Suko mich an. »Du willst es wirklich versuchen, John?«

»Ja, das werde ich. Und ich hoffe, dass du mir den Rücken frei hältst.«

»Wir werden sehen«, sagte er nur...

So richtig wohl war mir bei meinem Plan nicht, aber was sollte ich machen? Nach allem, was wir bisher erfahren hatten, gab es nur diese eine Möglichkeit. Außerdem war das Horror-Bett für alle anderen Ereignisse der Ausgangspunkt gewesen.

Suko ließ mich nicht aus den Augen, als ich mich auf die Kante setzte, noch einen Moment wartete und mich dann langsam nach hinten sinken ließ.

Ich lag auf dem Rücken. Unter meinem Kopf spürte ich die leichte Erhöhung des Kissens. Das war alles. Ich hatte einen guten Überblick, was das Zimmer anging. Ich sah die Tür, die Suko geschlossen hatte, auch zum Fenster konnte ich schauen, wenn ich den Kopf etwas drehte. Mir fiel jetzt auf, dass die Tapete verschlissen war, aber das war auch alles.

»Kann ich dich was fragen, John?«

»Hat keinen Sinn. Ich weiß ja, was du fragen willst. Die Antwort kann ich dir geben. Ich spüre nichts, rein gar nichts.«

»Willst du wieder aufstehen?«

»Nein, noch nicht. Ich warte noch ab. Irgendwann muss die andere Seite ja merken, dass man etwas von ihr will.«

Suko ließ sich Zeit mit der Antwort. »Wenn du dich da mal nicht irrst, alter Junge.«

»Wieso? Was meinst du damit?«

»Ich denke, dass du nicht das richtige Opfer bist und es auch gar nicht werden kannst.«

»Und warum nicht?«

Er sah von oben auf mich hinab. Seine Lippen verzogen sich, als er sagte:

»Denk mal selbst darüber nach.«

Ich ärgerte mich. »Hör schon auf mit der

Rätselei. Im Moment habe ich eine Blockade.«

»Dabei ist es so simpel.«

»Toll. Ich bin eben nur für die schwierigen Fälle zuständig. Die leichten übernimmst du.«

Er stand am Fußende und tat etwas, was mich verwunderte. Er schlug ein Kreuzzeichen. Das hatte ich bei ihm noch nie erlebt.

»Na? Bist du jetzt einen Schritt weiter?«

Das war ich noch immer nicht. Dafür sah ich, dass Suko seine Augen verdrehte, und im selben Atemzug rückte er auch mit der Sprache heraus.

»Es ist dein Kreuz, John, das stört. Nimm es ab, gib es mir, dann sehen wir weiter.«

Es war, als wären bei mir alle Scheuklappen gefallen. Suko hatte recht. Es ging um mein Kreuz. Genau dieser Talisman musste das Hindernis sein. Es schützte mich vor den Angriffen der anderen Seite. Man kam an mich nicht heran.

Aber was passierte, wenn ich mein Kreuz abgab?

Dann war ich schutzlos. Dann konnte ich zum Spielball für meine Feinde werden.

»Wie sieht es aus, John? Hast du dich entschieden?«

»Muss ich wohl. Ich denke, dass du recht hast, Suko. Ich werde mich von meinem Kreuz trennen und es dir übergeben.«

»Gut.«

Ich las in seinem Gesicht, das ihm nicht wohl war, mich schutzlos zu lassen, doch es gab keine andere Möglichkeit. Außerdem hatten auch andere Personen die Reise überstanden, und vor dem Knochensessel brauchte ich mich nicht zu fürchten.

Ich richtete mich auf. Erst als ich normal saß, fasste ich nach der Kette und streifte sie über meinen Kopf. Dabei warf ich noch einen letzten Blick auf das Kreuz, denn was ich jetzt tat, das kam mir wie ein Abschied vor.

Suko nahm es an sich. Er nickte. Er lächelte auch. Nur wirkte sein Lächeln leicht verkrampft. Er blickte das Kreuz an und meinte: »Ein tolles Gefühl, es in der Hand zu halten. Ich verspreche dir, dass ich wie ein Luchs darauf aufpassen werde.«

»Das setze ich voraus«, erwiderte ich und ließ mich zum zweiten Mal zurücksinken.

Suko trat nach hinten, sodass ich ihn nicht mehr voll im Blickfeld hatte. Er wollte, dass mich nichts störte oder ablenkte.

Ich spürte erneut das Kissen unter meinem Kopf und streckte meine Beine aus. Die Augen hielt ich halb geschlossen. Trotzdem sah ich genug. Es lenkte mich nichts ab. Ich konzentrierte mich auf meinen eigenen Körper und auf das Bett, in dem ich gestreckt lag.

Beim ersten Versuch war nichts passiert. Es hatte nicht die Andeutung eines Kontakts gegeben. Was würde jetzt geschehen? Hatte die andere Seite endlich freie Bahn?

Dann musste Suko noch mal eine Frage loswerden. »Soll ich eingreifen, wenn ich merke, dass es dir schlecht geht?«

»Nein, lass es. Ich will das Gleiche erleben wie meine Vorgänger.«

»Okay, ich bin jetzt still.«

Ich konzentrierte mich wieder und hoffte auf die Wirkung des Bettes, in dem ein Henker umgebracht worden war, der dem Teufel zu Diensten gewesen war. So etwas war in früheren Zeiten öfter passiert. Da hatten immer wieder Menschen Kontakt zu den Mächten der Finsternis gesucht, auch wenn sie sich stärker davor gefürchtet hatten als die Menschen heute. Die Magie und die Drohung mit der Hölle oder dem Teufel war stets parat in ihrem Leben gewesen.

Ich ließ mich einfach fallen. Das heißt, ich schaltete alles aus, was mich ablenken konnte. Das war für mich nicht leicht, denn ich war kein Meister der Entspannungstechnik wie Suko. Ich brauchte mehr Kraft.

Bei mir dauerte alles länger, und noch war nichts zu spüren als das Bett, auf dem ich lag.

Dann änderte sich einiges.

Es fing an, sich zu bewegen. Zumindest hatte ich den Eindruck. Ja, ich hatte das Gefühl, als würde ich von einer anderen Seite gepackt und geschüttelt werden. Ob sich mein Körper tatsächlich aufbäumte und danach wieder zurücksank, das wusste ich nicht, es konnte auch Einbildung sein.

Ich riss die Augen auf und sah über mir die Decke. Sie sah völlig normal aus, tanzte nicht hin und her, aber die Bewegungen bildete ich mir nicht ein.

Ich wehrte mich nicht, ließ alles mit mir geschehen. Ich wusste, dass es nur der Anfang war. Ich bereitete mich auf alles Weitere vor, und der zweite Teil begann mit einer nicht erklärbaren Kälte, die in meinen Körper eindrang. Sie erwischte auch meinen Kopf. Plötzlich war ich nicht mehr ich selbst. Das Horror-Bett hatte mich nicht nur körperlich, sondern auch seelisch in Beschlag genommen, sodass ich mich aus dem Leben herausgerissen fühlte.

Das Bett bewegte sich immer stärker. Seine untere Seite wurde an verschiedenen Stellen hoch gedrückt, und dann passierte das, was auch mit den anderen Menschen geschehen war.

Ich sah sie nicht, ich spürte sie nur. Die mörderischen Klauen, wem immer sie gehörten, hatten mich an Armen und Beinen gepackt und griffen hart zu.

Nichts war mehr wie sonst. Alles hatte sich verändert. Ich fühlte mich in der Falle, der ich allein nicht mehr entrinnen konnte. Ich wehrte mich auch nicht, spürte die Griffe, ohne den Angreifer zu sehen.

Er hatte mich, und er ließ mich nicht los.

Noch war die Welt um mich herum normal. Es gab keine Veränderung, aber das änderte sich Sekunden später.

Ich hörte ein Fauchen in meinen Ohren. Oder etwas Ähnliches. Möglichweise war es ein Ausdruck des Triumphs. Für mich spielte das keine Rolle, denn die andere Kraft hatte das erreicht, was sie wollte.

Sie zerrte mich weg. Das Bett öffnete ihr den Weg. Mir schoss noch der Begriff magische Reise durch den Kopf, dann hatte es mich erwischt. Das Bett schien sich plötzlich zu öffnen. Zusammen mit ihm fiel ich in die Tiefe. Es war auch möglich, dass ich nur allein fiel. Bei mir im Kopf wirbelte so einiges durcheinander. Weit entfernt hörte ich noch Sukos Stimme. Er schrie etwas, was ich nicht verstand. Aber es hatte sich

nicht gut angehört, und letztendlich war es mir auch
egal.
Ich wurde in die Tiefe gerissen und dachte daran, dass ich schon einige magische Reisen hinter mich gebracht hatte. Nur war es diesmal anders.

Ich hatte mein Kreuz freiwillig abgegeben und konnte nur hoffen, dass es kein Fehler gewesen war. Darüber machte ich mir ebenso Gedanken wie über das Ziel meiner Reise.

Ich hoffte, dass ich an einem bestimmten Ort ankam. Verlassen konnte ich mich darauf nicht...

Claire Cramer und Norman Randall standen dicht beisammen und hielten sich an den Händen fest. Noch immer hatten sie sich nicht an die Reise und an das Fremde gewöhnt. Es war für sie kaum zu begreifen, dass sie sich in einem anderen Land befanden. Beide waren sie auf dem Knochensessel gelandet und hatten sich dann einem Mann und einer Frau gegenübergesehen, die nicht aussahen wie Feinde, ihnen aber doch fremd waren.

Godwin de Salier und seine Frau Sophie hatten sie sehr freundlich begrüßt und so getan, als wäre ihr Erscheinen das Normalste von der Welt. Aber das war es nicht. Es gab zwar eine Erklärung, nur war es für das Paar schwer, sie zu akzeptieren. Sie hatten auch immer wieder den Knochensessel angeschaut. Dabei war es ihnen anzusehen gewesen, dass sie Fragen hatten, sich aber nicht trauten, sie zu stellen.

»Man kann es drehen und wenden, wie man will«, sagte der Templerführer,

»aber es gibt die Verbindung zwischen dem

Bett und diesem Sessel. Damit müssen wir uns abfinden.«

»Und wieso?«, flüsterte Claire. »Wie ist das überhaupt möglich? Das ist nicht normal. Ich habe da meine Probleme und Norman auch.«

»Das verstehen wir. Der Grund liegt in der Vergangenheit begraben. Einige Hundert Jahre zurück.«

»Meinen Sie das Mittelalter?«, fragte Norman.

»Das kann man so sagen.«

Beide schwiegen, denn diese Bestätigung hatte sie überrascht. Sie suchten nach Worten, mussten schlucken, schauten sich an, wurden noch blasser und blickten erst wieder auf, als Sophie Blanc mit einem Tablett kam, auf dem eine mit Kaffee gefüllte Warmhaltekanne stand, umrahmt von vier Tassen.

Norman Randall konnte nicht anders. Er musste lachen. Er hatte Probleme mit der Normalität, die für ihn nicht mehr normal war.

Erst das Horror-Bett, dann diese unverständliche Reise, dann die Landung auf dem Knochensessel und jetzt ein völlig normal zubereiteter Kaffee.

Aber sie waren nicht von Feinden umgeben. Der Mann hatte mit John Sinclair gesprochen, und das hatte bei ihnen für große Beruhigung gesorgt, obgleich sie sich alles andere als wohl in ihrer Haut fühlten.

Sophie füllte die Tassen. Sie lächelte ihnen zu und sagte mit freundlich klingender Stimme: »Jetzt trinken Sie erst mal den Kaffee. Er wird Ihnen gut tun. Danach sehen wir weiter.«

»Es gibt ein Danach?«, flüsterte Claire.

»Das gibt es immer.«

»Ja, auch wenn es der Tod ist.«

»Nein, Claire, so sollten Sie nicht denken. Sie leben, und zwar alle beide.«

»Schon.« Claire nahm die Tasse entgegen. »Aber sind wir auch der tödlichen Gefahr entronnen?«

Die Antwort übernahm Godwin. »Ich will ehrlich sein. Die Gefahr ist nach wie vor vorhanden. Sie müssen davon ausgehen, dass man nicht nur Ihnen, sondern auch uns an den Kragen will.«

»Oder ans Leben?«

»Auch das.«

»Und wie bezeichnen Sie die Gefahr? Hat sie einen Namen?«

»Sie heißt Hugo Farina. Darüber habe ich bereits mit John Sinclair gesprochen. Sie haben das nicht mitbekommen, aber Farina war ein Henker, der damals für den Staat und die Kirche seine Untaten durchführte. Er hat Menschen geköpft, die man zuvor jagte. Besonders auf die Templer hatte man es damals abgesehen. Man hat ihn auf Jacques de Molay angesetzt, den letzten gefangenen Großmeister der Templer. Ob er ihn selbst gefangen hat, weiß ich nicht, aber man hat ihm nicht erlaubt, den Mann zu köpfen. Er wurde verbrannt, der Henker hatte das Nachsehen, und er muss sehr dicht an de Molay herangekommen sein, sodass sich beide kannten. Und der Henker hat mit finsteren Mächten einen Pakt geschlossen, das sprach sich herum. Zudem hatte er sich viele Feinde gemacht. Gegen die Masse hat der Einzelne keine Chance. So war es auch bei ihm. Die Menschen, die ihn hassten, sind gekommen und haben ihn in seinem eigenen Bett getötet.«

»Aber dann ist er doch tot«, flüsterte Norman Randall.

Godwin hob die Schultern. »Ich denke nicht, dass es ihn noch als normalen Menschen gibt. Erinnern Sie sich daran, dass er dem Teufel gedient hat. Da hatte er einen mächtigen Helfer.«

»Dann ist er nicht tot?«

Godwin hob nur die Schultern. »So genau wissen wir das nicht. Ich muss Ihnen leider sagen, dass die Hölle ein breites Spektrum auffahren kann, wenn es sein muss.«

»Und Sie haben keine Angst davor?«

Der Templer lachte. »Jeder Mensch hat Angst, da mache auch ich keine Ausnahme. Aber meine Freunde und ich haben uns eingerichtet. Wir sind angetreten, um das Böse zu bekämpfen, und werden dabei oft genug mit der Vergangenheit konfrontiert. Sogar mit einer sehr lebendigen Vergangenheit, das steht fest.«

Weder Claire noch Norman waren in der Lage, etwas zu sagen. Sie konnten nur staunen, und erst als Sophie ihnen die Tassen reichte, wurden sie lockerer.

Beide tranken, aber es war zu sehen, dass sie sich auch weiterhin Gedanken machten und dabei immer wieder auf den Knochensessel schauten.

Der warme Kaffee brachte wieder Farbe in die Gesichter der beiden Flüchtlinge.

Dabei setzte Norman zweimal an, um eine Frage zu stellen.

»Müssen wir denn damit rechnen, dass sich die andere Seite in der Nähe aufhält? Wir sind beide von den Händen gepackt worden. Ist das der Henker, dessen Körper längst vermodert sein müsste? Sehen Sie das auch so?«

Godwin nickte. »Das muss man so sehen, es gibt keine andere Erklärung. Wenn der Teufel seine Hand im Spiel hat, kann man sich nicht darauf verlassen, dass alles stimmt, was man mit eigenen Augen sieht.«

»Dann können Tote nicht tot sein – oder?«

»Manchmal schon.«

Die Antwort ließ Claire leicht schwanken. Norman stützte sie sicherheitshalber und Godwin sorgte dafür, dass sie sich setzte und tief durchatmete.

Sie schlug die Hände vor ihr Gesicht und war mit ihren Gedanken zunächst allein.

Auch Norman ging es nicht gut. Er hatte Mühe, sein Zittern zu unterdrücken. Er wollte wissen, wie es weiterging, aber Godwin konnte ihm keine Antwort geben.

Er wurde durch die Melodie des Telefons abgelenkt. Schnell meldete er sich.

»Hier ist Phil.«

»Und?« Godwin ahnte, dass er keine positive Botschaft erfahren würde, denn Phil gehörte zu den Templern, die eine Etage höher als Wächter fungierten. Dort befand sich das elektronische Herz des Klosters. Versehen mit einer technischen Ausrüstung, die den höchsten Anforderungen entsprach.

»Ich weiß nicht, ob es schlechte Nachrichten sind, Godwin, aber etwas ist nicht in Ordnung.«

»Was genau?«

»Das kann ich dir nicht sagen. Bei uns

schlagen einige Messgeräte aus. Es kann sein, dass sich etwas Fremdes dem Kloster nähert oder sich ihm schon genähert hat. Zu sehen ist es jedenfalls nicht. Es könnte eine fremde Kraft aus dem Unsichtbaren sein. Es muss nichts zu bedeuten haben, aber ich wollte dir sicherheitshalber Bescheid geben.«

»Danke, das war gut. Und seid weiterhin wachsam.«

»Das werden wir.«

Sophie hatte ihren Mann beobachtet. Jetzt fragte sie: »Hast du schlechte Nachrichten?«

»Abwarten.«

Sophie wusste, wann sie den Mund halten musste. Ihr Mann sprach nicht gern über ungelegte Eier. Er wusste immer, was er tat, und das war auch jetzt der Fall.

»Ich werde mal eine Runde drehen«, sagte er. »Ihr bleibt besser hier zusammen.«

»Natürlich, Godwin.«

Er warf noch einen letzten Blick in die Runde, dann verließ er das Zimmer.

»Wo geht er hin?«, fragte Claire.

Sophie lächelte und winkte ab. »Er schaut sich nur ein wenig bei uns um.«

»Und – ähm – wo sind wir hier?«

»In einem Kloster.«

Beide sprachen nicht. Sie konnte nur staunen und schüttelten die Köpfe.

»Nehmen Sie es hin und gehen Sie davon aus, dass es ein besonderes Kloster ist. Mein Mann ist hier der Chef und...«

»Aber er ist verheiratet.« Claire staunte. »Und das in einem Kloster. Kann das sein?«

Sophie nickte. »Doch, das kann sein. Es ist zwar nicht die Regel, aber wir befinden uns auch nicht in einem normalen Kloster. Das sollte als Erklärung genügen.«

»Aber Sie kämpfen gegen etwas?«

»Ja, Claire. Wir kämpfen gegen das Böse in dieser Welt. Wir führen einen Kampf gegen Mächte, die normalerweise nicht greifbar sind, die es allerdings schon seit Urzeiten gibt. Es ist ein ewiger Kampf zwischen Gut und Böse, den auch viele andere Menschen führen, aber nicht auf der Ebene wie wir.«

Claire und Norman staunten. Einen Kommentar konnten sie nicht abgeben.

Was sie hier gehört hatten, war zu unbegreiflich für sie.

Sie tranken ihren Kaffee. Sicherlich lagen ihnen noch zahlreiche Fragen auf der Zunge, aber die zu stellen trauten sie sich nicht.

Sophie Blanc sah es ihnen an, sie lächelte ihnen aufmunternd zu und sagte:

»Das schaffen wir schon.«

»Ja, vielleicht«, flüsterte Claire. Sie konnte nicht anders. Sie musste erneut den Knochensessel anschauen – und wollte leise aufschreien, aber das schaffte sie nicht, weil sie zu geschockt von dem war, was sie sah.

Um den Sessel herum flirrte es. Es war die Luft, die sich in seiner Nähe aufgeladen hatte. Sie zeichnete irgendwelche Umrisse nach, als wollte sie ein Zeichen geben.

Und es blieb nicht bei den Umrissen. Plötzlich zirkulierte direkt über dem Sessel die Luft, sie nahm sogar Gestalt an. Da waren Konturen sehr gut zu erkennen, die allerdings noch durchscheinend waren, doch wenig später eine normale Körperform annahmen.

»Da ist jemand!«, rief sie.

Sophie Blanc fuhr herum, und ihre Augen weiteten sich, bevor sie flüsterte:

»John Sinclair...«

Zeitreisen, magische Reisen, wie auch immer man sie nennen mochte, für mich waren sie zwar nicht normal, aber eine gewisse Routine konnte ich mir nicht absprechen. So war es auch hier. Deshalb hatte ich schon beim Beginn gewusst, dass es einen Endpunkt geben musste. Ein Ziel, sonst wäre es keine Reise gewesen.

Auch hier war es so. Ich war plötzlich wieder da. Geistig und körperlich. Der Druck an meinen Händen und auch an den Füßen war verschwunden. Ich war wieder ein normaler Mensch in einer für mich sicht- und fühlbaren Umgebung.

Fühlbar, weil ich auf etwas Hartem saß, das einen gewissen Gegendruck ausübte. Ich saß auch nicht aufrecht, sondern leicht eingesackt wie in einer Kuhle. Auf der Reise war mir körperlich zwar nichts passiert, dennoch brauchte ich einige Sekunden, um mich zu orientieren und das Geschehen gedanklich zu
verarbeiten.

Ich kannte den Raum und wusste, dass ich mich im Kloster der Templer in Südfrankreich befand.

Ich kannte auch die Frau, die mich aus großen Augen anschaute. Ich wusste plötzlich, dass ich auf dem Knochensessel in Godwin de Saliers Arbeitszimmer saß, hörte, wie Sophie meinen

Namen flüsterte.

Das gab mir einen Augenblick der Zufriedenheit, und ich atmete zunächst ein paar Mal tief durch.

Auch Norman Randall war mir bekannt. Die junge Frau in seiner Nähe musste Claire Cramer sein.

Ich blies die Luft aus und stand auf. Kein Zittern in den Gliedern, es war alles normal, und über meine Lippen huschte zunächst ein schmales Lächeln.

Sophie kam auf mich zu. Sie streckte mir ihre Hände entgegen, schüttelte den Kopf und umarmte mich wenig später.

»Willkommen«, sagte sie nur.

»Danke. Aber ich bin noch immer überrascht, wobei ich eigentlich hätte damit rechnen müssen.«

»Das stimmt. Der Sessel und das Bett. Es gibt eine Verbindung zwischen ihnen.«

»Heißt die Jacques de Molay?« Sophie nickte. »Wir gehen davon aus.«

»Du meinst Godwin?«

»Klar.«

»Wo steckt er?«

»Er ist unterwegs.« Die Antwort klang nicht eben beruhigend. Deshalb fragte ich: »Ist was?«

»Nein, nein, im Prinzip nicht. Aber wir rechnen damit, dass sich der Henker zeigt. Deshalb hat Godwin einen Rundgang angetreten. Er wird auch unsere Brüder warnen, nehme ich an.«

»Okay.« Ich schob Sophie etwas zur Seite, um auf das Paar zuzugehen, das mich aus großen Augen anschaute. Norman Randall hatte seine Sprachlosigkeit überwunden und sagte mit leiser Stimme: »Jetzt sind wir ja wieder zusammen.« Dann musste er lachen.

Ich reichte Claire Cramer die Hand und spürte ihr Zittern. »Sie müssen sich keine Sorgen machen, hier sind Sie in guten Händen.«

»Ja, das hoffe ich.« Sie schaute ihren Freund an. »Aber dieser Henker war noch nicht hier.«

»Zum Glück nicht.«

»Was wissen Sie denn über ihn?«

Ich winkte ab. »Zu wenig. Nur bin ich mir sicher, dass wir bald mehr über ihn erfahren werden.«

»Er ist schon hier, glaube ich. Zumindest in der Nähe.«

»Aber Sie haben nichts gesehen?«

»Das schon.«

»Dann warten wir doch erst mal ab.« Ich wandte mich an Sophie Blanc. »Hat Godwin gesagt, wann er wieder hier sein wird?«

»Nein. Er wollte sich nur umsehen. Ich kann ihn rufen, wenn du willst. Er hat sein Handy mitgenommen.«

»Nein, nein, schon gut.« Ich setzte mich auf Godwins Schreibtischstuhl. Wer mich anschaute, der hatte sicher nicht den Eindruck, einen Sieger vor sich zu sehen. »Ich muss dir noch etwas sagen, Sophie.«

»Ich höre.«

»Es passiert selten, aber es ist nun mal passiert. Ich habe die Reise ja über dieses Horror-Bett angetreten. Es wäre mir nicht gelungen, wenn ich mein Kreuz behalten hätte. Ich habe es bei Suko gelassen, der das Bett unter Kontrolle hält.«

Sophie riss die Augen auf. Sie wollte noch mal eine Bestätigung und flüsterte:

»Du bist ohne dein Kreuz hier?«

»Leider wahr.«

»Aber dadurch hast du dich fast wehrlos gemacht.«

»Das weiß ich. Es ging nur nicht anders. Mit dem Kreuz hätte ich mich nicht auf diese Reise begeben können. Aber ich bin ja nicht allein und denke, dass wir den Fall auch ohne meinen Talisman zu Ende bringen können.«

Überzeugt war Sophie nicht. Sie flüsterte: »Dann bin ich mal gespannt, was Godwin dazu sagt.«

»Ja, das bin ich auch.«

»Soll ich ihn rufen?«

»Ja, wir können nicht länger warten. Und ich möchte den Knochensessel im Auge behalten, denn ich gehe davon aus, dass wir den Henker dort begrüßen können.«

»Glaube ich nicht. Er ist bereits hier«, flüsterte sie. »Wir haben eine Warnung bekommen. Irgendeine unsichtbare Kraft befindet sich innerhalb der Mauern. Das haben die Messgeräte gemeldet, und deshalb ist auch Godwin unterwegs.«

»Mal sehen, was er herausfindet.« Ich drehte mich nach links und stand auf, damit ich nicht so laut sprechen musste. »Und was ist mit euren beiden Gästen hier? Es wäre am besten, wenn wir sie in Sicherheit bringen. Mit dem Zurückschicken ist das so eine Sache.«

»Das wird mit dem Knochensessel nicht

möglich sein. Ich gehe davon aus, dass sie bleiben müssen, und glaube, dass sie hier am sichersten sind.«

»Kann sein.«

Dann meldet sich das Telefon auf dem Schreibtisch. Sophie hob den Hörer ab. Bevor sie eine Frage stellen konnte, hörten wir bereits die Stimme des Anrufers, der so laut sprach, dass selbst ich ihn verstand.

Es war Suko, der sich nach mir erkundigte.

»Warte, ich gebe dir John.«

Ich sagte noch nichts, hörte aber seine Frage: »Na, hast du alles gut überstanden?«

»Sieht so aus.«

»Gut. Und wie fühlst du dich ohne Kreuz?«

Ich wich der Antwort aus. »Lass es nur nicht aus den Augen«, riet ich ihm. »Ich brauche es noch.«

»Und was ist mit dem Henker?«

»Den habe ich noch nicht zu Gesicht bekommen. Wir gehen allerdings davon aus, dass er sich bereits in der Nähe aufhält. Da bleibt für uns nur das Abwarten.«

»Ja, wie auch für mich. Ich werde das Bett jedenfalls nicht aus den Augen lassen.«

»Tu das.« Mehr sagte ich nicht. Ich hasste lange Abschiedsworte. Jeder von uns wusste, was er zu tun hatte.

Wir wussten nicht, ob sich Hugo Farina tatsächlich schon in unserer Nähe aufhielt. Gezeigt hatte er sich noch nicht. Ich spürte ihn auch noch nicht, denn mir fehlte mein Kreuz, das mich hätte warnen können.

Ich schaute wieder auf den Sessel. Er stand

einfach nur da. Er sah makaber und harmlos zugleich aus. Ich dachte daran, dass er mir schon manche Zeitreise ermöglicht hatte. Er war kein Feind, und ich grübelte, ob ich mich auf ihn setzen sollte.

Das ließ ich vorerst bleiben.

»Eigentlich müsste Godwin schon zurück sein«, sagte ich. Sophie gab mir recht.

»Soll ich ihn suchen?«

»Nein, lass mal. Ich rufe ihn an.«

»Gut.«

Allmählich stieg auch bei mir die Spannung. Es passierte zwar nichts, aber ich hatte den Eindruck, dass sich gewisse Dinge in unserer Nähe verdichteten. Aus dem Augenwinkel nahm ich wahr, dass Sophies rechter Arm mit dem Handy in der Hand nach unten sackte.

»Was hast du?«, fragte ich.

Sie schüttelte den Kopf und flüsterte mit heiser klingender Stimme: »Godwin meldet sich nicht...«

Auch wenn sich John Sinclair nicht in unmittelbarer Gefahr befunden hatte, war der zurückgebliebene Suko doch recht beunruhigt. Er besaß das Kreuz, doch er war alles anderes als glücklich darüber. Er hätte es lieber in der Hand seines Freundes gesehen, denn jetzt musste er ohne diesen Schutz auskommen, und das war nicht gut.

Das Horror-Bett blieb ruhig. Die Matratze bewegte sich ebenso wenig wie die Decke. Im Raum selbst war es still.

Suko zog den Vorhang zur Seite und öffnete das Fenster, um frische Luft hereinzulassen.

Als er hinter sich ein Geräusch hörte, drehte er sich um und sah Walter Fielding vor sich stehen. Er war in das Zimmer geschlichen. Beider Blicke trafen sich.

Fielding versuchte es mit einem Lächeln.

»Was gibt es?«, fragte Suko.

Fielding hob die Schultern. »Hm – ich wollte nur mal nachschauen, ob Sie noch hier sind.«

»Wie Sie sehen.«

»Und Ihr Kollege?«

»Sehen Sie ihn?«

»Nein, nein, so war das nicht gemeint. Ich habe schließlich die Verantwortung hier und wollte auch fragen, wie lange Sie noch vorhaben, hier zu bleiben.«

»Ist das wichtig?«

»Ja, schon. Ich wollte das Museum eigentlich wieder öffnen. Es sind schon einige Besucher gekommen, die ich wieder wegschicken musste.«

»Verstehe. Aber belassen Sie es dabei.«

»Also nicht öffnen?«

»So ist es.«

»Gut.« Fielding schaute auf das Bett. »Und – ähm – haben Sie etwas herausgefunden?«

Suko war der Mann eine Spur zu neugierig. »Wenn ich etwas herausgefunden hätte, würde ich es Ihnen nicht sagen, Mr Fielding. Ist sonst noch was?«

Es war ein indirekter Rausschmiss, um den sich Fielding allerdings nicht kümmerte. Er war hier der Chef, trat an das Bett heran und nickte ihm zu.

»Es ist einmalig. Ich mag es. Hin und wieder komme ich her und schaue es mir an.«

»Aha. Dann wissen Sie darüber Bescheid?«

»Ein wenig schon.«

»Und was wissen Sie?«

»Dass in diesem Bett jemand umgebracht wurde. So etwas muss ich wissen, ich bin schließlich der Chef hier.«

»Und Sie wissen auch, wer in dem Bett getötet wurde?«

»Ja. Ein Mann, der als Henker tätig war. Mich hat diese Person fasziniert. Für mich birgt das Bett ein großes Geheimnis, und es war schon gut, dass es hier abgeschieden steht. Das Geheimnis soll geheim bleiben.«

»Wenn Sie das meinen.«

»Doch, das meine ich. Und ich fühle mich als Hüter dieses Geheimnisses, wenn Sie verstehen.«

Suko verstand. Er hatte sich über den Verlauf des Gesprächs schon gewundert. Dieser Typ mit der zu großen Jacke schien mehr zu wissen, als er zuvor zugegeben hatte.

»Was wissen Sie denn noch alles?«

Fielding hob die Schultern. Dann strich er wie liebkosend mit der flachen Hand über die Decke. »Ich weiß eigentlich zu wenig«, murmelte er dabei, »aber ich freue mich, dass ich trotzdem noch gebraucht werde und man ein so großes Vertrauen in mich setzt, das ich nicht enttäuschen darf. Das Bett darf nicht zerstört werden. Es muss hier bleiben, sonst ist alles aus. Ich bin der Hüter des Geheimnisses, und ich weiß, dass es Menschen gibt, die sich auf das Bett legen, um seinem Besitzer zu begegnen.«

»Dem toten Henker?«

»Wem sonst?«, fragte Fielding leise.

Suko blieb gelassen, obwohl sich in seinem Innern längst die Alarmsirenen gemeldet hatten.

»Kann man davon ausgehen, dass Ihnen das auch schon passiert ist?«

»Ja, ich habe es getan.«

»Und Sie leben noch.«

Plötzlich leuchteten Fieldings Augen auf. »Der Henker braucht mich doch. Ich bin hier sein Vertreter. Ich bin sein Hüter und ich sorge dafür, dass dieses Bett ein Geheimnis bleibt. Kein Fremder darf es benutzen. Es sei denn, der Henker will es so.«

»Und das ist passiert – oder?«

Fielding gab es zu. »Sonst wären Sie ja nicht hier. Das kann ihm nicht gefallen.«

»Stimmt, wenn man dem folgt, was Sie gesagt haben. Aber was wollen Sie tun?«

»Retten, was noch zu retten ist.« Mit einem Ruck stand er auf. »Das Geheimnis darf nicht an die Öffentlichkeit gelangen. Mehr kann ich dazu nicht sagen.«

»Wir sind Polizisten und als solche zur Verschwiegenheit verpflichtet, Mister.«

»Ja, sollte man meinen.« Er schnüffelte die Luft durch die Nase ein.

»Hundertprozentig sicher macht mich das aber nicht.«

»Nehmen Sie es einfach so hin.«

Fielding sagte darauf nichts. Er schaute Suko an, der einiges gegeben hätte, die Gedanken des Mannes lesen zu können. Doch das war nicht möglich. Zudem hob Fielding die Schultern an und meinte: »Das habe ich Ihnen nur sagen sollen.«

»Verstehe.«

»Dann werde ich Sie jetzt wieder allein lassen.« Der Mann lächelte kantig und ging auf die Tür zu, die halb offen stand und einen rechten Winkel zur Wand bildete.

Suko wusste nicht, was er von diesem Besuch halten sollte.

Allein blieb er nur wenige Sekunden. Dann war Walter Fielding wieder da. Die Tür hatte ihm den nötigen Schutz gegeben, und diesmal hielt er einen Revolver in der Hand, auf dessen Lauf ein Schalldämpfer geschraubt war.

»Sorry, Inspektor, aber ich muss meine Aufgabe erfüllen...«

Das war eine Nachricht, mit der ich nicht gerechnet hatte. Das stellte alles auf den Kopf.

Ich hatte mich wieder gefangen. »Okay, machen wir das Beste daraus. Hat er dir genau gesagt, wohin er gehen wollte?«

»Nein, das hat er nicht. Er sprach von einem Rundgang, das ist alles.«

»Hier im Kloster?«

»Ja, wo sonst?«

»Moment, ihr habt hier auch einen großen Garten.«

»Schon, John, aber davon hat er nichts gesagt. Er sprach nur vom Kloster.«

»Kannst du nicht anrufen und dich erkundigen, ob er gesehen wurde oder nicht?«

»Daran habe ich gerade auch gedacht.«

»Dann versuch es.«

Meine Anspannung nahm zu. Die beiden Besucher schienen es ebenfalls zu spüren. Sie hielten sich mit Bemerkungen zurück und hatten auf einem schmalen Sofa Platz genommen.

Sophie sprach mit einem Mann, der auf den Namen Phil hörte.

Der sagte etwas, danach hörte ich Sophies Frage: »Ist er nicht bei euch gewesen? Aber er wollte euch aufsuchen und etwas...« Sie brach ab. Erst nach einigen Sekunden sagte sie: »Schon gut, ich habe verstanden. Dann ist er doch woanders hingegangen.« Sie klinkte sich aus und schaute mich an. Dabei hob sie die Schultern.

»Er war also nicht da«, sagte ich.

»Sieht so aus«, flüsterte Sophie. »Ich kann mir auch nicht vorstellen, wohin er sonst noch gegangen sein könnte.«

»Das Kloster ist groß.«

»Weiß ich, John.«

»Ist er vielleicht doch nach draußen in den Garten gegangen?«

»Keine Ahnung. Kann ich mir aber nicht vorstellen, ehrlich gesagt.«

»Wir sollten trotzdem nachschauen.«

»Gut.«

Es gab ein Fenster, durch das wir in den Garten sehen konnten, aber es war besser, wenn wir nach nebenan ins Wohnzimmer gingen. Dort hatten wir eine bessere Perspektive.

Ich öffnete eines der beiden Fenster, musste es aber nicht ganz aufziehen, denn ich sah genug.

Zwischen der Hauswand des Klosters und einer Hecke befand sich ein Rasenstück, das wie ein grüner Teppich aussah. Und genau in der Mitte lag eine Gestalt auf dem Rücken.

Es war Godwin de Salier!

Sophie Blanc stand neben mir. Sie schrie nicht. Ich hörte nur, dass sie scharf die Luft einsaugte. Ihre Gedanken erriet ich nicht, aber womöglich dachte sie darüber nach, ob Godwin noch lebte. Da er sich nicht bewegte, sah es nicht danach aus.

Wunden allerdings entdeckten wir an seinem Körper nicht. Das wiederum gab uns Hoffnung.

»Er hat diesen Henker unterschätzt, John. Wir alle haben ihn unterschätzt. Er war schon längst bei uns in der Nähe, um hier abzurechnen.«

Da hatte Sophie etwas Wahres gesagt. Aber ich dachte einen Schritt weiter, und ich sprach den Gedanken, der mir durch den Kopf schoss, auch sofort aus.

»Es kann auch sein, Sophie, dass man ihn bewusst dort hingelegt hat. Ich denke, dass die andere Seite ihn als Lockvogel benutzt.«

»Den Lockvogel für uns?«

»Sicher.« Ich räusperte mich. »Oder für mich. Ja, er will, dass ich komme.«

»Und du bist waffenlos!«

»Nicht ganz, ich trage noch die Beretta bei mir.«

Sie winkte ab. »Glaubst du denn, dass ihn Silberkugeln stoppen können?«

»Ich glaube gar nichts. Ich werde es erleben. Dieser Hugo Farina soll seinen Plan erfüllt sehen. Ich werde das Haus verlassen und zu Godwin gehen.«

Sophie atmete hauchend aus und strich über ihre Stirn. Sie und Godwin gehörten zu den Menschen, die schon viel durchgemacht hatten und zu den Todfeinden der anderen Seite zählten. Beide waren es gewohnt, mit der Lebensgefahr umzugehen, und danach richtete sie sich auch in diesem Fall.

»Ja, tu, was nötig ist, John. Ich selbst weiß nicht, was ich unternehmen werde und...«

»Es ist besser, wenn du im Haus bleibst.«

Sie nickte nur. Ob sie sich wirklich daran halten würde, wusste ich nicht. Auch wenn Sophie äußerlich nicht so aussah, sie war trotzdem eine große Kämpferin, das hatte sie schon mehr als einmal unter Beweis gestellt.

Wir beschlossen, den beiden Besuchern nichts zu sagen. Ich ging zur Tür und verließ das Zimmer.

Danach machte ich mich auf den schweren Weg. Und diesmal ohne meinen Talisman...

Suko war nicht wirklich überrascht. Er ärgerte sich nur über sich selbst, dass er so blauäugig gewesen war. Es ließ sich nichts daran ändern.

Der Mann hielt einen gewissen Abstand ein, so würde es nicht leicht sein, ihm die Waffe nach einem schnellen Sprung mit einem Fußtritt aus der Hand zu prellen.

Allerdings war Suko auch gespannt, was Fielding vorhatte. Er glaubte nicht daran, dass er ihn unbedingt töten wollte. Das hätte er längst aus sicherer Deckung tun können.

»Und wie geht es jetzt weiter?«, fragte Suko.

»Das bestimmte ich!«

»Okay.«

»Gehen Sie zurück!«

»Und dann?« Suko versuchte Zeit zu gewinnen, doch Fielding wurde sauer.

»Gehen Sie zurück und setzen Sie sich auf das

Bett! Danach sehen wir weiter.«

»Ich weiß Bescheid. Sie wollen dem Henker wieder ein Opfer schicken, nicht wahr?«

»So ist es.«

»Okay, ich werde keine Schwierigkeiten machen.«

»Die würden Ihnen auch nicht bekommen.«

Suko zeigte keine Reaktion. Er tat das, was der andere verlangte. Das Bett hatte er bald erreicht und stieß mit den Waden dagegen.

»Hinsetzen!«

Auch das tat Suko.

Fielding kam näher. Die Mündung zeigte auf Sukos Brust. Aus dieser Entfernung konnte Fielding nicht danebenschießen.

»Und jetzt?«

»Hinlegen. Als wären Sie hundemüde und würden sich auf einen erholsamen Schlaf freuen.«

»Kein Problem.« Suko lehnte sich zurück. Er hörte, wie der Mann kicherte, weil er voller Vorfreude steckte, und fragte: »Geht es noch weiter?«

»Ja, es geht weiter, jetzt brauche ich nur noch abzuwarten, bis dich der Henker holt...«

Ich hatte den Flur durchquert, der mich zu einer Hintertür brachte, durch die ich den Garten betreten konnte. Hier kannte ich mich aus. Zu oft war ich bei meinen Freunden hier im Kloster gewesen.

Der Anblick, der sich mir bot, wollte mir nicht aus dem Kopf. Godwin de Salier wie tot auf dem Rasen liegen zu sehen, das war schockierend. Da stellte sich die große Frage, was mit ihm geschehen war.

Außerdem machte ich mir über seinen Gegner Gedanken. Wie mächtig war er? Für mich jedenfalls würde es kein Kinderspiel sein, ihn zu fassen. Er war mit allen Wassern gewaschen und hatte es sogar geschafft, eine Verbindung zwischen diesem Bett und dem alten Knochensessel herzustellen.

Bisher waren wir die einzigen Menschen gewesen, die den Templer im Garten hatten liegen sehen. Von seinen Freunden und Mitstreitern war keinem etwas aufgefallen. Ich hoffte, dass dies auch so blieb, denn ich wollte meinem Gegner allein gegenübertreten.

Allein und bis auf die Beretta auch waffenlos!

Das war mein Problem. Das Kreuz befand sich in London. Jetzt musste ich mir die Frage stellen, ob ich wirklich das Richtige getan hatte. Aber mit meinem Kreuz hätte ich es nicht geschafft, nach Alet-les-Bains zu kommen.

Ich öffnete die Tür und warf einen ersten Blick ins Freie. Es hatte sich nichts verändert. Die Gestalt des Templers lag zwar nicht zum Greifen nahe vor mir, aber ich brauchte auch nicht weit zu gehen. Er bewegte sich auch weiterhin nicht. Zudem war für mich nicht zu erkennen, ob er atmete oder schon tot war.

An den letzten Gedanken wollte ich mich erst gar nicht gewöhnen. Ich trat einen ersten Schritt in den Garten und blieb dann stehen. Jetzt hatte ich eine Position erreicht, von der aus ich den Garten gut unter Kontrolle hatte. Durch die Hecken und Bäume war er nicht eben übersichtlich. An seinem Ende lag die Kapelle. Dort hatte Godwins Vorgänger, Abbé Bloch, seine letzte Ruhestätte gefunden.

Der Sommer war vorbei. Die große Hitze ebenfalls. Aber noch wehte ein recht warmer Wind und streichelte mein Gesicht. Warum sich bei mir eine Gänsehaut bildete, wusste ich nicht. Wahrscheinlich lag es daran, dass ich den Gegner nicht sah und doch wusste, dass er in der Nähe lauerte.

Ich ging weiter in den Garten hinein und blieb dabei auf dem Weg. Er war mit Kies belegt und zudem sehr sauber, denn kein Unkraut zeigte sich. Überhaupt wirkte der Garten, der durch eine hohe Mauer geschützt wurde, sehr gepflegt.

Nach fünf Schritten hatte ich mein Ziel erreicht und blieb dicht neben meinem Freund stehen. Auch aus der Nähe betrachtet war für mich nicht zu erkennen, ob er noch lebte oder nicht. Er lag wirklich da wie ein Toter.

Mit einer langsamen Bewegung ging ich in die Knie. Aus der Nähe sah das Gesicht meines Freundes wachsbleich aus. Die Augen hielt er geschlossen, der Mund stand etwas offen, aber ich hörte keinen Atem.

Bevor ich mich zu seinem Gesicht hinab bückte, warf ich einen Blick in die Runde.

Es kam niemand auf mich zu. Godwin und ich blieben allein, aber hinter einer Fensterscheibe malte sich Sophie Blancs Gesicht ab. Trotz der Entfernung las ich darin das Erschrecken.

Ich fühlte nach dem Pulsschlag. War er da? War er nicht da?

Ich war unsicher und wollte es besser wissen. Deshalb legte ich meine Fingerspitze gegen die Schlagader – und atmete zum ersten Mal auf, als ich das Zucken spürte. Godwin de Salier war nicht tot. Er lag nur in einer tiefen Bewusstlosigkeit. Aber wie war er in diesen Zustand gelangt? Wer war dafür verantwortlich? So sehr ich mich auch umschaute, es war nichts zu sehen.

Ich wollte ihn nicht auf dem Rasen liegen lassen. Es war zwar nicht einfach, aber es musste mir gelingen, ihn ins Haus zu schaffen.

Aber ich konnte auch versuchen, ihn aus seiner Bewusstlosigkeit hervorzuholen. Einige Male schlug ich leicht gegen seine Wangen und hoffte auf einen Erfolg. Es gelang mir nicht, ihn aufzuwecken. Er blieb in seinem Zustand.

Ein lebloser Körper war ziemlich schwer. Ich musste versuchen, ihn mir über die Schulter zu legen. Dann wollte ich ihn ins Haus schaffen, weil ich mich dort sicherer fühlte.

An den Schultern hob ich ihn an – und hörte plötzlich eine weiche Frauenstimme.

»Lass mich dir helfen, John.«

Ich drehte den Kopf nach links. Dort befand sich die Tür, und dort stand Sophie Blanc, die es nicht mehr in ihrem Zimmer gehalten hatte.

Sie wartete meine Antwort nicht ab und kam näher. In ihrem Gesicht bewegte sich nichts. Es wirkte wie aus Stein gemeißelt. Noch während sie ging, fragte sie:

»Ist er tot?«

»Nein.«

Sie hielt an und schloss für einen Moment die Augen, wobei sich die Erleichterung auf ihrem Gesicht ausbreitete. Dann nickte sie und schaute mich wieder an.

»Ich habe es gefühlt, John«, flüsterte sie, »aber ich wollte die Bestätigung haben. Hast du seinen Gegner gesehen?«

»Nein, das habe ich nicht. Er hat sich bisher nicht gezeigt. Aber er ist nicht weg.

Ich wollte Godwin nur zurück ins Haus bringen und ihn nicht hier liegen lassen.«

»Ich helfe dir.«

»Gut, dann heb du die Beine an!«

Auch zu zweit würden wir unsere Probleme haben und viel Kraft einsetzen müssen. Wir fassten zu und ließen zwangsläufig die Umgebung aus der Kontrolle. Wir hatten den schweren Körper kaum angehoben, als ich die Veränderung in Sophies Gesicht sah. Von ihrer Position aus konnte sie an mir vorbeischauen auf das, was sich hinter meinem Rücken tat. Das Erschrecken brannte sich in ihren

Zügen fest.

Ich ließ den Körper des Templers zu Boden sinken und fuhr noch in der gebückten Haltung herum.

Jetzt stand der Henker Hugo Farina genau vor mir!

Suko lag auf dem Horror-Bett und war die Ruhe selbst. Er hatte sich bewusst für diesen Weg entschieden. Er hätte versuchen können, dem Mann die Waffe abzunehmen, aber das wollte er nicht. Für ihn war wichtig, wie weit dieser Typ gehen würde.

Fielding tat nichts. Er verließ sich auf seine Waffe und auf die Funktion des Bettes. Es hatte ihm bisher nicht den Gefallen getan und reagiert.

Suko lag auf dem Rücken. Er dachte auch nicht daran, seine Position zu verändern. An der linken Seite spürte er den Druck der Beretta, die er blitzschnell ziehen konnte, wenn sich die Möglichkeit ergab. Noch wartete Suko ab, denn die Geduld gehörte zu seinen großen Stärken.

Zudem war er gespannt darauf, wie die andere Seite reagieren würde.

Walter Fielding musste warten. Es gab für ihn keine andere Möglichkeit. Es war zu sehen, dass er unter Stress stand. Sein Atem zischte unregelmäßig aus seinem Mund. Sein Blick wanderte. Mal konzentrierte er sich auf Suko, mal auf das Bett. Zudem schwitzte er. Sukos sensible Nase nahm den säuerlichen Schweißgeruch wahr, der von dem Mann ausging. Er konzentrierte sich auf den unsteten Blick und wartete darauf, dass Fielding noch nervöser wurde.

Irgendwann musste er durchdrehen, wenn nicht alles so lief, wie er es sich vorgestellt hatte.

Suko wollte ihn locken. »He, sind Sie zufrieden? Ich liege auf dem Bett, ich bin praktisch wehrlos. Aber was ist jetzt?«

»Nichts«, flüsterte er.

»Soll das so bleiben?«

»Nein!«, keuchte Fielding. »Nein, das auf keinen Fall. Es soll nicht so bleiben. Ich will, dass dich das Bett holt. Du wirst woanders hingeschafft.« Er fing an zu lachen. »Die Hölle wartet auf dich, verflucht.«

»Meinst du?«

»Ja.«

»Und wer soll mich dorthin schaffen? Das Bett? Oder willst du den Teufel locken?«

»Beide«, flüsterte Fielding. »Beide, verstehst du? Das Geheimnis muss gewahrt bleiben, und ich bin sein Hüter. Das Bett ist von den Mächten der Hölle geweiht worden. Es ist das Erbe des Henkers, der nicht richtig sterben kann. Er wird wieder zu einem Jäger werden, das weiß ich. Und dieses Bett ist der Mittler. Ich werde nicht zulassen, dass man es entweiht. Ich stehe auf seiner Seite.«

»Kann sein.« Suko lächelte sogar. »Aber was ist mit dem Bett los? Ich liege auf ihm, ich weiß, wer darin getötet wurde, du hast mir auch gesagt, dass es besondere Kräfte hat, nur spüre ich nichts davon. Es ist alles normal. Für mich persönlich ist das Bett zwar etwas zu weich, aber ich muss ja nicht ewig darauf liegen.«

»Nein, das brauchst du nicht. Denn das Bett wird dir zeigen, wozu es fähig ist.

Darauf kannst du dich verlassen.«

»Dann will es mich töten?«

Fielding riss den Mund auf und fing an zu lachen. »Töten ist nicht der richtige Ausdruck. Es kann sein, dass du dir wünschst, später tot zu sein, denn das Bett wird dich zu Hugo Farina führen, und du kannst dir vorstellen, was der Henker mit dir machen wird.«

»Dann warte ich mal ab.« Suko hatte die Antwort locker gegeben und noch gegrinst. Sicherlich nicht aus Spaß. Er wollte Fielding provozieren und war gespannt, wie lange der Mann noch durchhielt. Er hätte eigentlich schon enttäuscht sein müssen, weil das Bett nicht so reagierte, wie er es sich vorgestellt hatte.

Es hatte Versuche eines Angriffs gegeben. Diese Höllenkraft, die in dem Bett steckte, war Suko nicht verborgen geblieben, aber er hatte sie abwehren können, oder vielmehr das Kreuz hatte nicht zugelassen, dass sich die andere Macht ausbreitete.

»Muss ich noch lange liegen?«

Die Frage war eine Provokation, und Fielding reagierte entsprechend. Er streckte seinen Arm aus und brachte die Mündung der Waffe in die Nähe von Sukos Gesicht.

»Es kommt ganz darauf an. Wenn das Bett nicht reagiert, werde ich dir eine Kugel in den Kopf schießen.«

»Gut, damit muss ich rechnen. Dann ist dieses Bett nur kein verlässlicher Partner.«

»Keine Sorge, es hat mich noch nie im Stich gelassen.«

»Dann kennst du es genau?«

»Hör auf zu reden!«

»Ist schon okay.«

Suko hielt tatsächlich den Mund. Es war bereits einige Zeit vergangen, und er bereitete sich darauf vor, sich aus dieser Lage zu befreien. Er wollte Fielding überwältigen, und das musste genau vorbereitet werden. Je mehr Zeit verstrich, umso nervöser wurde der Mann, und es konnte sein, dass er durchdrehte.

Auch jetzt blieb er nicht ruhig. Er trat von einem Fuß auf den anderen, hielt seine Waffe aber so, dass die Mündung stets auf Sukos Gesicht wies.

Der Inspektor sah dem Mann an, welche Gefühle ihn durchtosten. Er war nervös, er wusste nicht, was er noch tun sollte. Er würde sich wahrscheinlich mit dem Gedanken beschäftigen, dass ihn das Bett im Stich gelassen hatte. Solange Suko das Kreuz bei sich trug, würde es auch nicht reagieren.

Suko sah sich gezwungen, in die Offensive zu

gehen. Er hoffte, ein genügend guter Schauspieler zu sein. Zuerst hob er den Kopf an und verzog dabei das Gesicht.

»Bleib liegen!«, fuhr ihn Fielding an.

»Ja, das wollte ich ja...« Sukos atmete heftiger als sonst. »Aber ich spüre was...«

»Und?«

»Da kommt etwas auf mich zu!«, flüsterte er. Fielding lachte meckernd. »Und ob da was auf dich zukommt, Bulle. Das ist die Macht der Hölle. Das ist dein Ende. Du kannst jetzt schon dein letztes Gebet sprechen...«

Suko antwortete nicht. Er warf seinen Kopf von einer Seite auf die andere. Er spielte jetzt das Opfer, das unter einem Angriff aus einer anderen Welt zu leiden hatte.

Und Walter Fielding hatte seinen Spaß. Seine Augen glänzten. Er befand sich in einer euphorischen Phase. Der Mund war halb geöffnet. Immer wieder zischte er seinen Atem hinaus, als er sah, dass sich Suko aufbäumte und dabei stöhnte.

»So ist es richtig!«, flüsterte er und trat noch dichter an das Bett heran.

Genau darauf hatte Suko gewartet. Die Mündung wies nicht mehr auf seinen Kopf. Fielding hielt den Revolver zwar noch in der Hand, aber jetzt wies der Lauf zu Boden.

»Sie – sie – sie – sind da...« Suko riss den Mund auf. Er hatte die letzten Worte geschrien und winkelte sein linkes Bein an, was Fielding nicht störte.

Einen Moment später trat er zu.

Es war ein Hammertritt. Die Schuhspitze traf den Hals und das Kinn des Mannes.

Walter Fielding flog zurück. Er schrie nicht mal auf. Den Kontakt mit dem Boden verlor er nicht, dafür prallte er gegen die Wand.

Das alles bekam Suko mit, den nichts mehr auf dem Horror-Bett hielt. Er schnellte hoch, denn jetzt war seine Minute gekommen...

Ich sah ihn zum ersten Mal und konnte nicht sagen, dass ich über seinen Anblick erfreut war.

Eine mächtige nackte Gestalt stand vor mir. Ja, er sah aus wie ein Mensch, aber dieser Mensch musste durch eine Hölle gegangen sein. Ich erinnerte mich an die violetten Hände. Und diese Farbe bedeckte seinen gesamten Körper vom Kopf bis zu den Füßen. Sie ließ nur die Augen aus, die mir wie zwei Löcher vorkamen, denn der Blick strahlte keinen Glanz aus.

Haare gab es nicht. Auch auf dem Schädel spannte sich die violette Haut, und ich fragte mich, warum sie so aussah. Das war alles andere als normal. Sie musste mit etwas anderem in Berührung gekommen sein, und mir fiel nach kurzem Nachdenken nur eine Erklärung ein.

Feuer!

Nur kein normales, sondern das Feuer der Hölle. Er musste beim Teufel gewesen sein, der ihn so gezeichnet hatte.

Eine Waffe trug er nicht. Als Henker hatte er damals ein Schwert besessen, das brauchte er nicht mehr. Er verließ sich auf die Kraft der Hölle.

Breitbeinig hatte er sich aufgebaut. Als wollte er einen festen Halt haben, um einen Angriff abzuwehren.

Ich war nicht der Einzige, der ihn gesehen hatte. Sophie stand in der Nähe und ließ ihn ebenfalls nicht aus dem Blick.

»Schaffst du ihn, John?«, flüsterte sie mir zu.

»Keine Ahnung.«

»Und was will er?«

Diesmal erhielt sie die Antwort vom Henker selbst. Er sprach mit einer tonlosen und trotzdem rauen Stimme.

»Ich werde mir die holen, die ich holen muss. Ich habe mit der Jagd auf die Templer begonnen, ich war auf Jacques de Molay angesetzt. Ich habe ihn auch gestellt, aber ich durfte ihn nicht köpfen. Er sollte mehr von seinem Ableben haben. Man wollte seine Schreie hören, wenn er im Feuer verbrannte. Niemand hat damit gerechnet, dass es ihm gelungen war, dem Tod ein Schnippchen zu schlagen. Er lebt nicht mehr, aber seine Knochen sind noch da. Ich habe sie gespürt. Ich kannte ihn sehr gut, und ich habe es ausgenutzt. Mein Sterbebett und sein Knochensessel sind sich einfach zu ähnlich. So ähnlich, dass es eine Verbindung zwischen uns gibt, die von der Macht der Hölle gefördert wurde. Ihn kann ich nicht mehr vernichten, aber ich kann diejenigen töten, die in seinem Namen weitermachen. Die verfluchte Templerbrut und auch diejenigen, die ihr nahestehen.«

»Hat dir die Hölle das Leben zurückgegeben?«, fragte ich unbeeindruckt von dem, was ich zuvor gehört hatte.

»Ja, das hat sie. Das Leben und die Kraft. Sie hat dafür gesorgt, dass mir nichts mehr passieren kann. Der Templer dort hat es versucht. Ich habe ihn noch nicht getötet, nur ausgeschaltet. Er soll langsam sterben. Er ist ein Templer, er soll vor seinem Tod noch die Folter erleben, und ich will ihn schreien hören...«

»Ich bin auch noch da.«

»Ja, ich habe dich gespürt und gemerkt, dass du unter einem besonderen Schutz stehst. Aber dieser Schutz ist nicht mehr da. Du musstest ihn ablegen, denn du wolltest das Geheimnis meines Totenbettes ergründen. Das hast du geschafft. Aber jetzt bist du hier. Du bist bei mir, und ich werde das tun, was ich tun muss. Dich als Ersten vernichten.«

»Das hatte ich mir gedacht.«

»Danach hole ich mir die Frau, diese widerliche Templerhexe. Auch sie soll nicht mehr länger leben. Und während Godwin de Salier unter der Folter schreit und fleht, kann er sich darauf einstimmen, dass ich diesen Ort hier zerstören werde, sodass kein Stein mehr auf dem anderen bleibt.«

Es waren böse Worte, die ich ihm glaubte. Dieser Henker hatte seine Aufgabe. Er war zudem frustriert, dass man es ihm nicht erlaubt hatte, damals den Großmeister der Templer zu töten. Jetzt hatte er einiges nachzuholen. Ich wusste auch, dass er genug gesagt hatte. Er würde jetzt handeln, und ich stand ganz oben auf seiner Liste.

Er kam vor.

Ich zog meine Beretta.

Als er den zweiten Schritt ging, hörte ich Sophies leisen Ruf, der aber im Knall des ersten Schusses unterging...

Sukos tritt gegen den Hals und gegen das Kinn hatte Fielding wehrlos gemacht. Für einen Moment sah es so aus, als würde er an der Wand festkleben, dann gaben seine Beine nach, und er sackte vor Suko zusammen.

Der Inspektor nickte. Er ging langsam auf ihn zu, um zu sehen, wie weit er noch bei Besinnung war.

Zuerst nahm er ihm die Waffe ab und steckte sie in seinen Gürtel. Dann bückte er sich und drehte Fieldings Kopf so, dass er in das Gesicht des Mannes schauen konnte.

Fielding war schwer getroffen worden, aber nicht bewusstlos. Er befand sich in einem Zustand, den man als groggy bezeichnen konnte. Das Kinn war angeschwollen, der Hals auch, der Blick glasig und sein Mund war leicht geschlossen.

Wehren konnte er sich nicht mehr. Er bekam auch nicht mit, dass Suko seinen Kopf noch mal drehte. Als er Fielding nicht mehr hielt, sackte dieser zusammen.

Das war geschafft, aber wie ging es weiter?

Mit dieser Frage beschäftigte sich Suko, als er sich herumdrehte. Das Bett war frei. Beinahe glatt lag die Decke darauf, denn Suko hatte sich nur wenig bewegt.

Er verspürte den Wunsch, sich eine Axt zu besorgen und das verdammte Ding zu zerhacken. Doch das war nur ein kurzer Gedanke. Es musste auch eine andere Möglichkeit geben.

Für Suko war das Bett gefährlich. Die Hölle hatte dort ihre Spuren hinterlassen und die mussten ausgemerzt werden.

Zerhacken kam nicht infrage. Aber Suko ließ der Gedanke der Zerstörung nicht los. Er wusste von der Gefahr, die in diesem Bett steckte. Von der schwarzen Magie, die nur mit einer Gegenkraft bekämpft werden konnte. Und die besaß er.

Suko holte tief Luft. Er selbst zeigte sich von seinen eigenen Gedanken leicht überrascht, aber er ließ seine Hand in die rechte Tasche gleiten und schloss die Finger um das Kreuz.

Ja, das war es.

Es besaß die Macht, und als er daran dachte, leuchteten seine Augen für einen Moment auf. Er saugte die Luft durch die Nase ein, dachte an die Aufgabe, ließ seine Blicke noch mal über das Bett schweifen und setzte die Idee in die Tat um.

Er legte das Kreuz, das keine Reaktion zeigte, auf die Mitte des Bettes. Danach trat er einen Schritt zurück und wartete auf die Reaktion.

Um Fielding musste er sich nicht kümmern. Der war aus dem Rennen. Für ihn war einzig und allein das Kreuz wichtig. In diesem mörderischen Horror-Bett steckte die Kraft des Bösen, und das Kreuz bildete genau den Gegenpart.

Da musste etwas reagieren. Er glaubte nicht daran, dass sich die Kräfte gegenseitig neutralisierten.

Aber es tat sich nichts.

Auch als fast eine halbe Minute vergangen war, hatte sich nichts verändert. Das silberne Kreuz hob sich deutlich von der dunkleren Unterlage ab, aber dabei blieb es auch.

Was habe ich falsch gemacht? Es war die Frage, die Suko beschäftigte. Eigentlich konnte er sich keinen Vorwurf machen, und doch musste er etwas übersehen haben.

Von John gab es keine Botschaft, auch nicht von dem jungen Paar, das verschwunden war.

Die Lösung traf ihn wie der berühmte Blitzschlag. Plötzlich wusste er Bescheid. Er musste es nur noch in die Praxis umsetzen, trat so nahe an das Bett heran, dass er es berührte, und tat das, was er tun musste.

Er sprach die Aktivierungsformel!

Der erste Schuss hatte die Gestalt in die Brust getroffen. Mitten hinein, und der Henker stand für einen Moment so steif wie eine Puppe. Ich hoffte darauf, dass er fallen würde, doch den Gefallen tat er mir leider nicht. Er blieb stehen und schüttelte sich, als wäre er ein Hund, der seine Wassertropfen loswerden wollte.

Ich schoss die nächste Kugel ab.

Wieder ein Volltreffer. Sie jagte in den Unterleib der Gestalt, zwang sie, sich nach vorn zu bücken, und ich hörte einen leicht würgenden Laut. Dann richtete sich der Henker wieder auf, aber nur, um die dritte Kugel zu empfangen.

Sie peitschte in seinen Hals. War das sein Ende?

Ich hoffte es und ich nahm mir sogar die Zeit, mich kurz umzuschauen. Natürlich war meine Aktion gehört worden, zahlreiche Fenster, die sonst geschlossen waren, standen nun offen, und in den Rechtecken malten sich die Gestalten der Templer ab.

Mir war klar, dass sie keine Zuschauer bleiben würden. Ich schrie in die Stille hinein: »Bleibt alle da! Godwin lebt! Ich werde den mörderischen Henker zur Hölle schicken!«

Ich hatte keine Zeit, darauf zu achten, ob sie meinen Rat auch befolgten, denn jetzt musste ich mich wieder um den Henker Hugo Farina kümmern. Drei Kugeln steckten in seinem Körper. Aber sie hatten es nicht geschafft, ihn zu vernichten.

Er wollte mich.

Nach einem kurzen Schütteln stampfte er auf mich zu. Die drei geweihten Silbergeschosse in seinem Balg machten ihm nichts. Allmählich wurde ich unruhig und musste erkennen, zu hoch gepokert zu haben.

Sophie hielt sich noch immer in meiner Nähe auf. Ich hörte sie flüstern: »John, was sollen wir tun? Die Kugeln reichen nicht?«

»Keine Ahnung, ich werde weiterhin schießen.«

»Ich kümmere mich um Godwin. Vielleicht kann ich ihn wegziehen. Ist das okay?«

»Ja, versuch es.«

Erneut krachte es, und die vierte Kugel erwischte ihn in Bauchhöhe. Seine Hände zuckten nach unten. Er presste sie auf die Wunde, und dabei lachte er. Diese Reaktion zeigte mir, dass ich mit den geweihten Silberkugeln keinen Erfolg haben würde.

Die Templer standen zwar noch an den offenen Fenstern, aber einige von ihnen hatten meinen Rat nicht befolgt. Sie hatten ihr Zimmer verlassen und waren durch die Hintertür in den Garten gegangen. Sie hielten Waffen in den Händen.

Ich jagte die nächste Kugel in den hässlichen Körper des Henkers.

Diesmal hatte ich auf den Oberschenkel gezielt. Ich wollte versuchen, ihn am Gehen zu hindern, und er knickte auch tatsächlich weg, sodass ich eine nächste Kugel abschoss und dabei auf sein anderes Bein zielte.

In die Bewegung hinein fuhr das Geschoss.

Ich hörte den Henker lachen. So drückte jemand seinen Triumph aus, der sich für unverwundbar hielt.

Ich stand ebenfalls unter Strom. Was hier ablief, war Stress pur, und ich flüsterte mir selbst Mut zu.

»Komm schon! Komm schon näher! Darauf warte ich nur. Ich will dich sehr nahe haben...«

Er tat mir den Gefallen, denn ich hatte mir einen Plan ausgedacht. Der kleinste Körperteil war sein widerlicher Schädel. Um ihn zu treffen, musste er nahe genug herankommen. Fehlschüsse konnte ich mir nicht mehr erlauben. Er ging stampfend weiter, bewegte sich leider schwankend dabei, und so hatte ich Mühe, das Ziel vor die Mündung zu bekommen. Ich musste einen günstigen Moment abwarten.

Die Schwankungen glich ich mit der Waffe aus. Ich wartete auf den richtigen Moment, um endlich die Sache aus der Welt schaffen zu können. Dabei musste ich mich zur Ruhe zwingen, und deshalb hielt ich meine Waffe auch mit beiden Händen fest.

Er war bereits nahe an uns herangekommen. Zwei Sekunden ließ ich mir noch Zeit, dann riskierte ich es und zog den Stecher ruhig nach hinten.

Der Schuss peitschte auf. Und ich traf.

Ich traf sogar den hässlichen Kopf des Henkers. Für einen Moment hatte ich den Eindruck, alles in Zeitlupe zu erleben. Ich sah, wie die Kugel in den Kopf einschlug. Dicht oberhalb der Nasenwurzel bohrte sie sich in den Schädel.

War es das?

Meine rechte Hand sank nach unten. Ich wollte mich durch nichts ablenken lassen, hoffte endlich auf einen Erfolg und bekam mit, dass die Gestalt keinen Schritt mehr weiterging.

Sie stoppte!

Hatte ich gewonnen?

Es sah so aus, denn sie schaffte es nicht mehr, sich auf den Beinen zu halten. Ein kräftiges Schütteln erfasste sie, und nicht mal eine Sekunde später kippte der Henker zurück.

Die Templer im Garten und an den Fenstern sahen, wie er rücklings auf den Boden prallte. Und nicht nur mir rollte ein Stein vom Herzen, denn jetzt hatte ich es geschafft.

Ich hatte nicht mal gezählt, wie viele Kugeln ich verschossen hatte. Das spielte auch keine Rolle. Wichtig war, diesen verfluchten Henker am Boden zu sehen.

Eine gewisse Auszeit nahm ich mir. Dann ging ich mit langsamen und auch leicht zittrigen Bewegungen auf die am Boden liegende Gestalt zu, in deren Körper meine Silberkugeln ihre Wunden hinterlassen hatten.

Ich blieb stehen, als ich beinahe seine Füße berührte, und senkte den Blick, denn ich wollte seine Augen sehen. Erst deren Ausdruck würde mir klarmachen, dass ich ihn endgültig erledigt hatte.

Ich sah ihn an.

Die letzte Kugel hatte ein größeres Loch hinterlassen. Aus ihm trat allerdings kein Blut hervor. Ich sah auch keine Gehirnmasse. Bei ihm war alles anders als bei einem normalen Menschen.

Vernichtet oder nicht?

Der Gedanke war kaum in meinem Kopf aufgezuckt, da erhielt ich die Antwort, und sie gefiel mir gar nicht.

Seine Augen waren nicht in Mitleidenschaft gezogen worden. Ebenso wenig wie sein Mund. Mir fiel das Zucken der Mundwinkel auf, die dann zu einem Grinsen erstarrten. Ich sah auch den Blick in seinen Augen, der plötzlich vorhanden war, und da wusste ich, dass auch der Kopfschuss ihn nicht vernichtet hatte.

Er war mächtiger als jeder Zombie, das wurde mir jetzt erst richtig klar. Der Teufel hatte ihn stark gemacht und er dachte nicht daran, seinen Plan aufzugeben.

Auf einmal zog er die Beine an, drückte seine Hacken gegen den Boden und schwang sich auf die Füße. Er brauchte nicht mal Hilfe, alles lief geschmeidig ab, und ich erschrak so stark, dass ich rasch zwei Schritte zurückwich.

Dann ging er vor.

Er hatte mich nicht vergessen. Seinen Plan würde er bis zum Ende durchziehen. Ich war sein Feind, und der musste vernichtet werden. Es war gut, dass ich Abstand zwischen uns gebracht hatte, denn mit seinen violetten Händen griff er nach mir.

Selten hatte ich mein Kreuz so vermisst wie in diesem Augenblick. Angeschossen setzte der Henker seinen Weg fort. In der Nähe rotteten sich einige Templer zusammen. Ich sah ihre Waffen. Einer von ihnen hatte sogar ein Schwert mitgebracht. Er wollte Hugo Farina den Kopf abschlagen, rannte auf ihn zu und holte schon aus, als sich der Henker umdrehte. Er hatte instinktiv erfasst, was da auf ihn zukam.

Das Schwert raste auf ihn nieder.

Es traf den Körper nicht. Farina wehrte ihn mit einer schnellen Armbewegung ab. Die Schläge trafen den Templer im Nacken, bevor er richtig zuschlagen konnte. Sein Schrei erstickte, als er zu Boden ging, und sofort wirbelte der Henker herum.

»Jetzt hole ich dich!«

Das war kein leeres Versprechen, denn einen Atemzug später warf er sich auf mich zu...

Das, was Suko jetzt tat, war normalerweise der Job seines Freundes John Sinclair. Aber hier gab es keinen John in der Nähe. Er musste es schon allein durchziehen und konnte nur hoffen, dass es ihm auch gelang. Mit leiser und trotzdem deutlich hörbarer Stimme sprach er die alles entscheidende Formel.

»Terra pestem teneto – salus hic maneto...«

Jetzt kam es darauf an, ob das Kreuz bereit war, ihn zu akzeptieren. Bei John war das kein Problem, bei sich selbst war Suko sich alles andere als sicher.

Er wartete ab, er musste Geduld haben, was ihm normalerweise nicht schwerfiel. Hier allerdings war es anders, denn das Kreuz zeigte keine sofortige Reaktion.

Suko war enttäuscht. Er flüsterte etwas vor sich hin, was er selbst nicht verstand – und bekam große Augen, als er sah, dass der Talisman endlich reagierte.

Er leuchtete auf.

Helles Licht rann zuckend an den Balken entlang. Es erreichte auch die Enden, auf denen die Initialen der vier Erzengel verewigt waren, und das Licht blieb nicht allein auf das Kreuz beschränkt. Es löste sich von ihm und fing an zu wandern. Es huschte nach allen Seiten, glitt über das Bett, dessen Decke plötzlich aussah, als wäre sie mit Wasser übergossen worden.

Suko war sprachlos geworden. Er hielt den Atem an und schaute nur zu.

Das Licht übergoss das gesamte Bett. In der Mitte malte sich deutlich das Kreuz ab, aber es geschah noch mehr. Was die Kraft der Hölle über Jahrhunderte erhalten hatte, wurde von dieser wunderbaren Helligkeit zerstört, denn plötzlich sah Suko die ersten Flammen in die Höhe huschen.

Feuer!

Aber kein normales Feuer, denn die Flammen zeigten eine andere Farbe als normal.

Sie gaben auch keinen Rauch ab und sorgten aber dennoch dafür, dass dieses Horror-Bett verbrannte. Es gab nichts, was diesem reinigenden Feuer Widerstand hätte entgegensetzen können. Für Suko war es einfach wunderbar, mit anzusehen, wie das alte Bett verging. Asche, die wie heller Staub wirkte, flog durch die Luft.

Ein ungewöhnlicher Geruch drang in Sukos Nase. Er war scharf, fast beißend, aber war zugleich ein Geruch, über den er sich nur freuen konnte.

So verbrannten auch die letzten Reste des Bettes. Die Decke war schon längst zu hellem Staub geworden. Jetzt griffen die Flammen auf das hölzerne Kopfende über, und auch dieses Material hatte keine Chance, der Vernichtung zu entgehen.

Es war geschafft.

Das Bett gab es nicht mehr in seiner ursprünglichen Form. Auf dem Boden lag der helle Staub und in dessen Mitte das Kreuz, das kein Licht mehr abgab.

Suko musste sich nur kurz bücken, um es an sich zu nehmen. Er hielt es noch in der Hand, als er hinter sich Walter Fieldings weinerliche Stimme hörte.

»Was ist denn passiert?«

Suko drehte sich um. »Sehen Sie das nicht? Es gibt das Bett nicht mehr.«

Fielding, noch immer schwer angeschlagen, schaute hin, sah jetzt alles und schlug die Hände vors Gesicht.

Suko war es egal, er hoffte nur, John Sinclair gesund zu erreichen, denn der magische Rückweg war ihm ab jetzt versperrt...

Der Henker war zu schnell. Die Distanz war zu kurz. Ich hatte keine Chance, ihm auszuweichen, und so prallte er mit seinem gesamten Gewicht gegen mich.

Automatisch schlang ich meine Arme um ihn, schaffte es aber nicht, mich auf den Beinen zu halten, weil der Druck zu groß war. Ich kippte nach hinten, verlor das Gleichgewicht, landete auf dem Rücken und sah dem Henker ins Gesicht, der dicht auf mir lag und seinen Körper gegen meinen presste.

Das Gesicht war von der Kugel gezeichnet und mich starrte eine regelrechte Horror-Fratze an. Der Mund stand offen. Aus ihm zischte etwas hervor, und dann suchten seine Hände meinen Hals, und ich hörte sogar seine Worte.

»Ich reiße dir den Kopf bei lebendigem Leib von Körper! Ich werde dich einfach...«

Er schrie auf.

Bevor ich mich wehren konnte, wurde alles anders. Er warf sich in die Höhe und von mir weg. Er taumelte nach hinten, schrie wieder und schlug mit beiden Händen gegen seinen Körper.

Ich wusste nicht, was hier geschah, kam aber auf die Beine, und wenig später stand für mich fest, dass der Henker mich nicht mehr angreifen würde. Er würde niemanden mehr angreifen, denn plötzlich schlugen kleine helle Flammen aus seinem Körper. Sie waren nur fingerlang und sahen aus wie Lichter, aber sie hatten eine zerstörerische Macht, was ich ebenso zu sehen bekam wie auch die Zeugen im Garten und an den Fenstern.

Die hellen Flammen vernichteten den Henker. Sie spielten mit ihm. Sie fügten ihm die Schmerzen zu, die er anderen Menschen versprochen hatte. Er fand sich nicht mehr zurecht. Er taumelte von einer Seite zur anderen, versuchte dann, sich wieder aufzurichten, was ihm aber nicht mehr gelang.

Flammenumhang umgeben, der an ein Gewand aus Licht erinnerte.

Und dann kam der Augenblick, in dem ihm die Kraft verließ. Auf der Stelle brach er zusammen. Er blieb auf dem Bauch liegen. Sein Rücken zuckte hoch, fiel wieder zusammen, und mit einem Mal war seine violette Haut verschwunden. Sie hatte einer hellgrauen Masse Platz geschaffen. Es gab nur noch die pure Asche, die in sich zusammensank, sodass sich auch der menschliche Umriss des Henkers auflöste.

Die Welt würde für immer vor ihm Ruhe haben...

Ich konnte mich entspannen, was bei mir sehr langsam ging. Und ebenso langsam drehte ich mich um. Um die klatschenden Templer im Hintergrund kümmerte ich mich nicht, ich hatte nur Augen für zwei Personen, die nur eine Körperlänge von mir entfernt auf dem Boden hockten.

Es waren Godwin de Salier und seine Frau Sophie. Sie saß, weil sie ihren Mann stützen wollte. Godwin war noch ziemlich weg vom Fenster. Sophie richtete den Blick ihrer groß gewordenen Augen auf mich und deutete ein Kopfschütteln an.

»Wir haben es geschafft«, sagte ich mit rauer Stimme.

»Ja, haben wir. Oder du. Oder wer sonst.« Sie hob die Schultern. »Aber wie war das möglich?«

Da musste ich auch erst überlegen, war mir nicht sicher, ob ich der Wahrheit nahe kam, deshalb schwieg ich.

Dass mein Handy sich meldete, gab mir die Chance, mit einer Antwort zu warten.

Ich wollte mich melden, aber Suko war schneller.

»John, ich muss dir etwas sagen.«

»Ich dir auch.«

»Aber ich war zuerst da.«

»Okay, dann...«

»Es gibt das Bett nicht mehr.« Er holte kurz Luft. »Es ist verbrannt in einem hellen Feuer.

Dafür hat dein Kreuz gesorgt.«

»Ja«, sagte ich leise, »dann weiß ich, warum auch der Henker nicht mehr existiert. Seine Verbindung zu dem Bett war so intensiv, dass die Flammen auf ihn zurückgeschlagen sind. Du hast uns allen das Leben gerettet, Suko.«

»Nein, Alter, nicht ich. Bedanke dich bei deinem Kreuz.«

»Auf das du hoffentlich achtgeben wirst.«

»Als wäre es mein eigenes Auge.«

»Okay, dann sehen wir uns so schnell wie möglich in London. Und erkläre Sir James, dass ich diesmal eine ziemlich ungewöhnliche Dienstreise hinter mir habe...«

## Anmerkungen des Autors:

Sie können mit mir sehr gerne in Kontakt treten, entweder per Post, E-Mail oder Telefon. Mich können Sie auch auf folgender Website: www.sandrohuebner.de besuchen und kontaktieren. Ihre Bestellungen können auch darüber erfolgen.

**Bisher erschienen:**

**Autor:** Sandro Hübner
**Titel:** SAD SONG
- Trauriges Lied -

**Genre:** Kriminalroman
**Seitenanzahl:** 66
**ISBN:** 978-3-7407-3007-9
**Verlag:** TWENTYSIX

---

**Autor:** Sandro Hübner
**Titel:** Juliette und Taddei eine Liebe forever

**Genre:** Liebesroman
**Seitenanzahl:** 68
**ISBN:** 978-3-7407-3030-7
**Verlag:** TWENTYSIX

**Autor:** Sandro Hübner
**Titel:** Rückkehr eines träumenden Delfins

**Genre:** Roman
**Seitenanzahl:** 56
**ISBN:** 978-3-7407-3399-5
**Verlag:** TWENTYSIX

---

**Autor:** Sandro Hübner
**Titel:** Fesselnde Psycho-Horror-Geschichten

**Genre:** Horror
**Seitenanzahl:** 208
**ISBN:** 978-3-7407-4455-7
**Verlag:** TWENTYSIX

---

**Autor:** Sandro Hübner
**Titel:** Spannende Thriller-Geschichten

**Genre:** Thriller
**Seitenanzahl:** 152
**ISBN:** 978-3-7407-4636-0
**Verlag:** TWENTYSIX

**Autor:** Sandro Hübner
**Titel:** Doppelt stirbt sich besser, mit einem grauenvollen Biss

**Genre:** Psychohorror
**Seitenanzahl:** 512
**ISBN:** 978-3-7407-4697-1
**Verlag:** TWENTYSIX

---

**Autor:** Sandro Hübner
**Titel:** TITANIC
Ein Augenzeugenbericht von Helena F. Lang

**Genre:** Roman
**Seitenanzahl:** 88
**ISBN:** 978-3-7407-5058-9
**Verlag:** TWENTYSIX

---

**Autor:** Sandro Hübner
**Titel:** Unheimliche Gruselgeschichten
- Teil I -

**Genre:** Gruselroman
**Seitenanzahl:** 244
**ISBN:** 978-3-7407-5067-1
**Verlag:** TWENTYSIX

| | |
|---|---|
| **Autor:** | Sandro Hübner |
| **Titel:** | Unheimliche Gruselgeschichten<br>- Teil II - |
| | |
| **Genre:** | Gruselroman |
| **Seitenanzahl:** | 208 |
| **ISBN:** | 978-3-7407-5068-8 |
| **Verlag:** | TWENTYSIX |

---

| | |
|---|---|
| **Autor:** | Sandro Hübner |
| **Titel:** | Der Fitnesstrainer |
| | |
| **Genre:** | Roman |
| **Seitenanzahl:** | 132 |
| **ISBN:** | 978-3-7407-5075-6 |
| **Verlag:** | TWENTYSIX |